사소한 추억의 힘

사소한 추억의 힘

탁현민 산문집
2013~2023

메디치

북극을 가리키는 나침은 무엇이 두려운지 항상 여윈 바늘 끝을 떨고 있습니다. 여윈 바늘 끝이 떨고 있는 한 우리는 그 바늘이 가리키는 방향을 믿어도 좋습니다. 그러나 그 바늘 끝이 전율을 멈추고 어느 한쪽에 고정될 때 우리는 그것을 버려야 합니다. 이미 나침반이 아니기 때문입니다.

— 신영복, 〈지남철〉.

사소한 추억의 힘

2023년 1월 《미스터 프레지던트》를 출간한 후 이전 책들을 정리해야겠다는 생각이 들었다. 주절주절 써 놓은 책들이 생각보다 많았다. 앞서 낸 책들을 대부분 절판시키고 남은 일부는 어찌할까 고민하다가 여러 에피소드를 수정, 합본하여 한 권의 산문집으로 엮겠다고 마음을 정했다. 그즈음 《허핑턴 포스트》를 통해 보도된 영화감독 스티븐 스필버그의 인터뷰를 보게 되었다. 그리고 오래 망설였다.

인터뷰에서 스필버그 감독은 1982년 개봉된 영화 〈이티〉에는 총을 든 경찰관이 어린아이들을 쫓는 장면이 포함돼 있었는데, 20주년을 기념한 재편집 작업에서 총을 든 장면을 무전기를 쥔 장면으로 교체했다고 이야기했다. 하지만 그것이 엄청난 '실수'였다는 회고였다.

"〈이티〉는 그 시대의 산물이다. 그 어떤 영화도 현재 시점의 렌즈를 통해 자발적으로든, 강제적으로든 수정되어서는 안 된다. 모든 영화는 영화를 만들었던 당시 우리가 어디에 있었는지, 세상은 어떠했는지, 그리고 이런 이야기들을 세상에 내보냈을 때 세계가 어떻게 받아들였는지 등을 보여주는 일종의 이정표다."

나는 오랜 망설임 끝에 스필버그 감독의 충고를 받아들이기로 했다. 이전 에피소드를 크게 수정하지 않고 새로운 에피소드로 한 부(部)을 구성하기로 마음먹었다. 2012년 대선 이후 파리에서의 에피소드를 담은 《흔들리며 흔들거리며》와 2016년 제주에서 지내며 썼던 《당신의 서쪽에서》에 더해 지난 1년간 있었던 내 사소한 기억과 추억을 함께 싣기로 했다.

앞선 두 권의 책은 정서적으로 가장 절망적인 기분에서 쓴 책이었고, 어디로 가야 할지 방향을 잃었을 때 썼던 책이다. 신념과 확신에 찼던 일들이 끝난 후 절망과 실패에 주저앉아 썼었다.

그러나 이번 참에 다시 읽어보니 두 권의 책은 달랐다. 대상이 명확하지 않은 분노와 저주의 말들, 넋이 나간 일상을 보내던 실수 연발 에피소드가 《흔들리며 흔들거리며》에 쓰여있었다. 《당신의 서쪽에서》에는 작고, 하찮아서, 살면서 쳐다보지 않았던 사소한 것들의 위로가 담겨있었다. 그리고 이 책에 지난 1년 동안 해왔던 여러 회고를 추가했다.

사람은 확신이 섰을 때 뜨겁고, 무너졌을 때 흔들린다. 내게도 그런 확신의 순간이 있었고 참혹하게 무너진 때도 있었다. 삶의 대부분은 실수와 오류를 거듭하며 무너지는 일의 연속이고 성취의 기쁨과 행복은 그에 비해 매우 짧다. 그야말로 순간이다. 그래서 서 있을 때보다 무너졌을 때, 그때 어떻게 추스르는지가 더 중요했다.

성공은 그 사람의 지위를 높이고, 실패는 그 사람을 키운다고 한다. 나를 키운 것은 결국 뒤돌아보았던 순간들이었다. 회고(回顧)의 시간이야말로 우리를 성장하게 하고 배우게 하고 조금씩 나아지게 만든다.

원고를 합본하다 하나 깨달았다. 절망과 위로, 그 모든 순간에 그것이 극단으로 치닫게 하지 않는 장치(裝置)가 있더라는 것이다. 바로 성찰과 웃음이었다. 실패를 복기하는 과정은 괴롭지만, 과정의 성찰은 곧 위로였다. 또한 괴롭고 심각한 상황에서도 웃음은 가장 뛰어난 탈출 버튼이었다. 모든 위로의 순간에는 반드시 성찰과 웃음 포인트가 함께 있었다.

덕분에 앞으로 어떻게 글쓰기에 임해야 하는지 조금은 알 것 같다.

이전 책들의 제목은 《흔들리며 흔들거리며》와 《당신의 서쪽에서》였다. 합본의 제목을 '흔들리는 당신에게'로 할지 '서쪽에서 흔들거리며'로 할지 오래 고민했다. 그러다가 결국엔 '사소한 추억의 힘'으로 결정했다. '사소한 추억의 힘'은 《미스트 프레지던트》 출간 후 내가 독자들에게 전했던 메시지에서 따왔다.

대단치 않았지만 그리운 기억들, 결국엔 그것만이 남는 것 같다. 어마어마한 사건이나 사상이 나를 변화시킨 적은 단 한 번도 없었다. 오히려 여러 사소한 것들로 인해 나는 조금씩 변해왔다.

만약에 지금 하루하루가 마땅치 않다면 작고 사소한 추억들로 충분히 견딜 수 있다고 생각해 보길 바란다. 좋았던 기억은 절대 사라지지 않는다.

내가 경험했던 좋았던 것들은 어떻게든 내 안에 남아서 결국은 좀 더 나은 방향으로 인도하는 것 같다. 아니, 그렇다고 믿는다.

모쪼록 이 책이 당신에게, 그리고 여전히 흔들거리는 나에게 사소한 추억이 되길 바란다.

2023년 8월

탁현민

3부 당신의 서쪽에서

대단치 않았지만 그리운 기억들, 결국엔 그것만이 남는 것 같다.
어마어마한 사건이나 사상이 나를 변화시킨 적은 단 한 번도 없었다.
오히려 여러 사소한 것들로 인해 나는 조금씩 변해왔다.
만약에 지금 하루하루가 마땅치 않다면 작고 사소한 추억들로
충분히 견딜 수 있다고 생각해 보길 바란다.
좋았던 기억은 절대 사라지지 않는다.
내가 경험했던 좋았던 것들은 어떻게든 내 안에 남아서 결국은
좀 더 나은 방향으로 인도하는 것 같다.
아니, 그렇다고 믿는다.

1부 사소한 추억의 힘

쓸모와 쓰임

'쓸모'와 '쓰임'에 관해 생각해 본다. 누구에게나 쓸모와 쓰임이 있다. 그런데 쓸모는 각자 노력이지만 쓰임은 스스로 어쩌지 못하는 경우가 종종 있다. 나의 쓸모는 나의 노력에 비례한다. 타고난 재능이 단단히 한몫하지만 좀 더 부지런히 자신을 채근하며 살아온 사람일수록 아무래도 쓸모가 많은 법이다. 그러나 쓸모가 많다고 해서 그게 반드시 좋은 것은 아니다.

'열 재주 가진 사람이 밥 굶는다'는 말처럼 정작 재주가 많으면 널리 쓰이기보다 그 재주 때문에 시기와 질투를 받게 되고 구설에도 휘말리기 십상이다. 그러니 아무리 쓸모가 많아도 쓰이지 못하는 경우가 종종 있고, 아무리 능력이 일천해도 중요하게 쓰이는 경우 또한 왕왕 있다.

세상에 쓰이는 사람들이 모두 딱 맞는 쓸모를 갖춘 것은 아니다. 단지 그의 재주만이 아니라 품성과 태도, 때로는 인연이 더 중요할 때가 있다. 그래서 어떤 사람이 가진 능력과 그 사람이 쓰이는 자리가 꼭 들어맞는 경우는 생각보다 많지 않다.

나의 쓸모에 비해 나의 쓰임이 마땅치 않다는 것은 개인적으로 매우 서글픈 일이다. 쓸모를 위해 노력했던 시간이 길고 자신감이 넘칠수록 더욱 그러하다. 쓸모에 비해 제대로 쓰이지 않으면 많이들 좌절하는데, 이에 더해 자기만 못한 사람이 쓰이는 모습까지 보게 되면 좌절은 고스란히 분노가 된다.

하지만 분노하든 한탄하든 쓸모와 달리 쓰임은 어쩔 도리가 없다. 화를 내봐야 소용이 없고 탓을 해봐야 바뀌지도 않는다. 애초에 노력만으로 되는 일이 아니기 때문이다. 결국 쓸모와 쓰임 앞에서 우리가 가질 수 있는 가장 현명한 태도는 언제일지 모르는 쓰임의 순간을 기다리며 자기 쓸모를 꾸준히 더하는 수밖에 없다.

나는 가장 발랄하고 머리가 잘 돌아가던 시절 제주도에서 낚시나 하면서 4년 가까이 보냈다. 당시 습작 노트나 아이디어를 정리한 메모들을 가끔 보는데, 요즘이라면 감히 생각

못 했을 대담함과 디테일이 있었고 무엇보다 열정이 넘쳤다. 스스로가 대견한 그럴듯한 아이디어들도 꽤 있었다. 하지만 그 시기에 나는 문화예술계 블랙리스트에 올라가 있었다. 어디에도 쓰이지 못했고, 내겐 가장 재능 없는 일(예컨대 낚시라든지, 글쓰기라든지, 강의라든지)들만 주어졌었다.

당연히 고기도 잘 잡지 못했고, 책도 잘 안 팔렸고, 수업도 그냥 그랬다. 쓰임이 없어 늘 괴로웠고 분노로 가득했었다. 다시 제주도에 내려와 시간을 보내는 요즘, 쓰임 없는 시간을 보내는 것은 전과 크게 다를 바 없다. 하지만 지난 한 시절 쓰임이 있어서였기 때문인지 내 생각에도 변화가 생겼다.

내 평생 스승은 "어떤 일에 쓰일 때 자기 능력의 70퍼센트 정도만 해도 되는 자리가 가장 적당한 자리"라는 말씀을 하셨었다. 높은 지위나 원하는 역할에 욕심을 내기보다 주어진 자리에서 적당히 해도 좋은 성과를 내며 즐겁게 일할 수 있다면 그게 자신에게도 조직에도 이상적이라는 말씀이었다.

청와대에서 처음 일하게 되었을 때 일의 고됨과 책임의 막중함을 자주 토로하기는 했지만 한참 징징거린 후에 돌아서서는 씩 웃기도 많이 웃었다. 한동안 쓰임이 없다가 모처럼 쓰이니 쓰임이 있다는 것만으로도 행복했었다. 하지만 시간이 지나면서 주어진 일에 만족하지 못하고 더 큰 쓰임을 기대하게 되었다. 그것은 나의 욕심이 나의 능력을 넘어서기 시작하면서 시작되었다.

어떤 사람의 능력치가 100이라 할 때, 그 사람이 60이나 70 정도만 하면 되는 자리에 놓이면 어느 순간부터 욕심이 생긴다. 자신의 능력만큼, 아니 그 이상을 할 수 있을 거라고 생각하게 된다. 부끄럽지만 나 역시 그러했다. 부여된 일보다 더 많은 일을 더 잘할 수 있을 거라는 생각 때문에 더 많은 결정을 할 수 있고, 더 많은 권한이 부여되는 자리와 권한에 욕심을 냈었다.

그러나 돌이켜보니 결국 그런 쓰임이 없었다는 것이 정말 다행이었다. 100퍼센트를 할 수 있는 사람이 100퍼센트를 요구받는 자리나 그 이상의 자리에 놓이면 능력치를 최대한 끌어올려야 한다. 그러다 보면 사고(思考)의 여유도 상상력도 발휘하기 힘들어진다. 매번 최선을 다해야 함은 물론이고 최선을 다해 보아도 능력의 한계만 절감하게 된다. 짊어져야 할 책임은 무거워져 결국에는 자기 능력의 100퍼센트를 다 채우지도 못하게 된다.

하지만 능력이 100퍼센트라고 할 때 70퍼센트 정도만 해도 되는 자리에 놓이면 자신을 끝까지 밀어붙이지 않아도 주변의 기대치를 손쉽게 채울 수 있다. 기대치를 채우는 것뿐 아니라 30퍼센트의 여유도 가지게 된다.

30퍼센트의 여유, 이것은 단지 슬렁슬렁 일해도 되니 다행이라는 의미가 아니다. 여기서 생긴 30퍼센트의 여유가 그렇게 간절했던 상상력이 되고, 새로운 시도와 실험을 가능하게끔 해준다. 여러 국가 행사를 기획하고 연출하면서 나름의 상상과 실험을 할 수 있었던 이유가 여기에 있지 않았나 싶다. 좀 더 많은 책임과 권한이 부여되었더라면 더 많은 일을 할 수 있지 않았을까 싶었지만, 아쉬운 쓰임이었기 때문에 오히려 여러 일을 성공적으로 무사히 치러낼 수 있었구나 싶다.

자기 쓰임이 불만족스럽다면 자신이 어느 정도 능력을 요구받는 자리에 있는지, 그 자리에서 얼마나 여유를 가지고 일하고 있는지 돌아보길 권한다. 다들 70퍼센트만 해도 빛날 수 있는 자리에서 30퍼센트의 여유를 가지고 행복하게 일하시길 바란다.

나의 스승, 나의 친구

　　선생님을 처음 알게 된 것은 1989년 고등학교 1학년 때였다. 학교 공부에는 취미가 없었고 교내 문예반에 들어가 '시'를 쓴다며 놀러 다니는 일이 더 좋았다. 내가 다녔던 강원고등학교 문예반은 매해 신춘문예에 등단하는 소년 문사들이 나오는 유서 깊은 동아리였기에, 나 역시 일찌감치 등단할 것이라 자신만만했다. 공부에는 별 뜻이 없었으니, 아침에 일어나 학교에 가서도 동아리방에서 몰래 담배를 피우고 책이나 읽으면서 주로 땡땡이치는 날이 많았다.

　　그러던 어느 날, 오전 등굣길과 점심시간, 야간 자율 학습 시간에 담배를 피우다 걸린 날이 있었다. 흡연으로 하루에 세 번이나 걸린 대단한 위업의 결과는 1주일 정학이었다. 그런데 당시 정학은 학교에 안 나가는 것이 아니라, 교무실에 책상을 옮겨놓고 앉아 오가는 선생님들에게 온종일 야단맞으며 반성문을 써야 하는 처벌이었다.

정학 첫날. 어쩔 수 없이 교무실로 출근(?), 아니 등교를 해서는 비뚜름히 앉아 개전의 정이 없는 반성문을 쓰고 있었다. 그런 나의 불손한 태도를 지켜보던 한 선생님이 당구 큐대로 머리를 때리며 모눈종이 전지를 던져주었다. "넌 여기 칸마다 띄어쓰기하지 말고 반성문 써." 꼼짝없이 눈물을 흘리며(작은 칸에 글씨를 쓰자니 눈이 아파서) 빈칸을 채워갔다.

시간이 얼마나 흘렀을까…… 아린 눈을 끔뻑이다 어느 선생님의 책상을 무심히 쓸어 보았는데, 그때 책장에 꽂혀있는 책 제목이 눈에 들어왔다.

《감옥으로부터의 사색》.

감옥 같은 학교에 갇혀 반성보다는 반항을 하고 있던 내게 몹시 끌릴 수밖에 없는 제목이었다. 선생님의 책장에서 슬그머니 책을 꺼내 저자가 누구인지 살펴보았다. '신영복, 통혁당 무기수, 20년 2개월……' 낯선 이름과 낯선 사건 그리고 당시 열여덟 살이던 내 삶 전체보다 긴 영어(囹圄)의 시간이 저자를 소개하고 있었다. 책장을 넘기지 못하고 망설이고 있는데 종이 울렸고, 선생님들이 다시 교무실로 들어와 더는 책을 읽지 못했다.

1주일간의 정학이 끝났다. 이후 다시는 모눈종이에 반성문을 쓰고 싶지 않아 조심하며 얌전히 학교생활을 했다. 그러던 어느 날 새로 문예반 지도교사를 맡게 된 유태안 국어 선생님께 내가 쓴 시를 보여드릴 기회가 있었다. 선생님은 시를 한참 읽어보시더니 책 한 권을 추천해 주셨다. 그 책은 전에 교무실에서 꺼내 보았던 《감옥으로부터의 사색》이었다. 선생님은 단지 그 책을 읽기만 할 것이 아니라 필사해 볼 것을 권했다.

아마 글쓰기의 기본이 되는 '자신에 대한 성찰(省察)'과 '세상을 따뜻하고 아름답게 바라보는 시선', 그리고 그것을 '온전한 문장으로 표현하는 방법'을 배우길 바라신 것일 텐데, 내게 그날의 독서와 필사는 그 이상의 의미가 있었다. 《감옥으로부터의 사색》은 그럴듯한 표현을 짜깁기해서 쓴 글로 백일장에서 상 타는 것을 성취라고 생각했던 열여덟 살 고등학생이 이제껏 써왔던 글들을 돌아보게 해주었다. 무엇을, 왜 쓰려고 하는지 고민하게 해주었다. 누가 시켜서가 아니라 스스로 좋아서 글쓰기를 공부하고 싶다는 마음도 들게 해주었다.

바깥에서만 열 수 있는 문은 문이라 할 수 없습니다.
다른 사람이 열어 주는 문도 문이라 할 수 없습니다.

자기 손으로 열고 나가는 문이라야 합니다.

자기 발로 걸어 나가는 문이어야 함은 물론입니다.

─신영복, 〈감방문 안쪽〉.

　　그날 춘천 시내에 있던 청구서점에서 《감옥으로부터의 사색》을 사 읽었다. 편집된 기억으로는 그날 밤을 새워서 하루만에 다 읽은 것만 같은데 제대로 된 기억인지는 모르겠다. 목수가 집을 그리는 이야기와 여름 징역 이야기, 정대 이야기, 남산 군형무소 이야기, 그리고 청구회 추억과 햇볕 두 시간 이야기까지 지금도 선명하게 떠오르는 독후감이 있으므로 아마 맞는 기억일 것이다.

　　추운 겨울 독방 무릎에 올려놓은

　　신문지 크기의 햇볕 한 장

　　무척 행복했습니다.

　　2시간의 햇볕 한 장은

　　생명의 양지였습니다.

　　2시간의 겨울 햇볕 한 장만으로도

　　인생은 결코 손해가 아니었습니다.

　　비록 혹독한 감옥 세월이

그곳에 도사리고 있는

삶이라고 하더라도.

—신영복, 〈햇볕 두 시간〉.

하지만 저자인 신영복 선생님이 겪었을 고초와 그 참혹함에 공감할수록 그의 맑고 따뜻한 문장과 사색의 깊이를 도무지 따라갈 수 없었다. 그것은 도저히 양립 불가한 모순이었다. 불의한 이유로 20년 2개월이라는 엄두도 나지 않는 시간 동안 감금되었던 삶을 두고도 어떻게 자신의 인생은 결코 손해가 아니었다고 말씀할 수 있는 것인지. 그것을 이해하기에 나는 너무 어렸다.

그래서였을까. "2시간의 겨울 햇볕 한 장만으로도 인생은 결코 손해가 아니었습니다"라는 문장과 〈청구회의 추억〉 마지막 문장에서 나는 눈물이 났던 것 같다.

언젠가 먼 훗날 나는 서오릉으로 봄철의 외로운 산책을 하고 싶다. 맑은 진달래 한 송이를 가슴에 붙이고 천천히 걸어갔다가 천천히 걸어오고 싶을 따름이다.

지금 읽어도 여전히 마음이 저릿한 〈청구회 추억〉을 읽으면서 좋은 글은 그대로 그림이 되고 영화가 될 수 있다는 것을 알게 되었다. 하지만《감옥으로부터의 사색》을 열심히 읽고 필사도 했지만 결국 고등학교를 졸업할 때까지 등단은 하지 못했다. 입시가 다가오면서 점점 글쓰기에서도 멀어져갔다. 하고 싶은 것이 없어져 삶은 막연해졌고, 내 고등학교 시절이 그렇게 흘러갔다.

대학에 가서도 여전히 막막했다. 1학년 2학기를 마치자마자 나를 애처롭게 생각한 군인 출신 아버지 덕분에 입영 일자를 앞당기는 특혜를 받아 군대에 갔다. 자대 배치를 받은 곳은 강원도 화천군이었다. 춘천에서 초, 중, 고를 보낸 나에게 강원도는 전혀 낯선 곳이 아니었지만 화천군에서도 민통선 너머에 있는 GOP 군 생활은 이제껏 겪어보지 못했던 시간이었다. 총보다 삽을 많이 들고 다녔고 시멘트 공구리, 떼 작업, 싸리 작업, 김치 담그기, 변소에서 똥 푸기, 돼지 잡기…… 지금 생각하면 어떻게 했었을까 싶은 일들을 겪으며 28개월하고 며칠을 보냈다.

제대했지만 학교에는 다시 가고 싶지 않았다. 딱히 할 일도 없어 근교 저수지로 낚시하러 다니기 시작했다. 늘 사람 없는 곳을 찾아다니며 찌도 제대로 끼우지 못하는 실력으로 낚시만 던져놓고 시간을 보냈다. 적막한 낚시터만큼 막막하기만 한 청춘이었다. '할 일 없음'과 '의지 없음'으로 퍼질러 앉아있는 것이 가장 중요한 일과였다.

그러던 어느 날 낚시터에 싸간 김밥을 먹으려 김밥을 싼 신문지를 펴는데 낯익은 이름 하나를 보게 되었다.

'신영복(성공회대 교수).'

펼쳐본 신문은 《중앙일보》였는데, 거기에 신영복 선생님의 여행기가 실려 있었다. 세계 각지를 여행하며 쓴 서간문 형태의 글이 신문에 연재되고 있었다.

아무도 달걀을 세우지 못했지만

콜럼버스 혼자 달걀을 깨뜨려 세웠습니다.

지금도 예찬되는 '발상전환'

'콜럼버스의 달걀'입니다.

500년 동안 군림하고 있는 살아있는 전설입니다.

그러나 우리는 생각해야 합니다.

달걀을 세우지 못한 사람들은

그것이 살아있는 생명이기 때문에

차마 깨뜨리지 못했다는 사실을 잊어서는 안 됩니다.

콜럼버스의 달걀은 발상의 전환이 아니라

생명에 대한 잔혹한 폭력입니다.

과연 콜럼버스 이후

세계의 곳곳에서 생명이 깨뜨려지고 있습니다.

이처럼 잔혹한 역사에도 불구하고

콜럼버스는 지금도 살아있습니다.

— 신영복, 〈콜럼버스의 달걀〉.

구겨진 신문지의 편지 같은 글을 읽으며 신영복 선생님을 꼭 만나고 싶다는 강렬한 충동을 느꼈다. 연애 감정도 아닌데 한 사람을 두고 그 사람과 만나고 싶다는 생각이 그렇게 강렬하기는 처음이었다. 선생님을 만나면 내 모든 막막함이 이유를 찾을 수 있을 것만 같았다. 내가 어떤 방향으로 가야 할지 알려주실 것만 같았다. 내심 세상에는 수많은 김밥과 김밥을 말았던 신문지들이 있었을 텐데, 내 김밥이 말린 이 신문지가 절대 우연일 리 없다는 생각도 했다. 고등학교 1학년 때부터 그날 저수지 낚시터까지의 시간은 모두 신영복 선생님을 만나기 위해 예비된 서사라 믿고 싶었다.

이듬해 "성공회인지 성공인지 뭐 그런 데를 가려고 하느냐", "거기 나온다고 성공하겠냐"는 부모님의 탄식을 못 들은 척하며 기어이 성공회대학교에 편입학 원서를 써 들고 선생님을 찾아갔다. 오로지 선생님을 만나겠다는 의지만으로 찾아간 성공회대는 가는 길부터 만만치 않았다. 1호선 온수역 근처에 있던 학교를 3호선 옥수역으로 잘못 알아 한참을 헤맸고, 결국 원서 제출 시간을 넘길 무렵에야 학교에 도착했다. 겨우겨우 원서를 접수했는데 접수 담당 교직원이 물었다.

"근데 학생은 우리 학교를 어떻게 알았어요?"

"네, 전 신영복 선생님 때문에 알게 되었습니다. 선생님을 꼭 만나고 싶어서요."

나중에 면접시험에서도 같은 이야기를 교수님들에게 했다. 내 대답을 들은 교수님들이 좋은 점수를 주었다는 후문도 들었다. 그때만 해도(요즘도 그렇겠지만) 다들 성적에 맞추어 대학에 가는 것이 당연했고, 어떤 선생을 찾아 그 학교에 지원했다는 것은 무척 생경한 일이었을 것이다. 언젠가 신영복 선생님께 이 일화를 말씀드린 적이 있었는데, 선생님은 웃으시며 이렇게 말씀하셨었다. "원래 공부는 스승을 찾아가서 배움을 구하는 것입니다. 나를 가르칠 만한, 내가 배울 만한 스승을 찾는 것도 공부입니다."

그렇게 드디어 성공회대학교에 들어갔고, 선생님을 만날 수 있을 것이라는 기대에 흥분했다. 첫 수강 신청이 있던 날, 새벽같이 학교에 가서 수강 신청을 하려고 보니 선생님의 수업이 보이지 않았다. 무슨 일인가 싶어 교무처에 물어보니 선생님이 해외에 계신 상태라 이번 학기에는 수업이 없다는 답이 돌아왔다. 내가 저수지에서 읽었던 여행기를 쓰기 위해 선생님은 전 세계를 여행 중이셨고(아마도 안식년이었던 듯) 그 때문에 강의가 개설되지 않은 것이었다.

망연자실(茫然自失). 나는 구두인관 느티나무 아래 한참 동안 주저앉아 있었다.

지금도 큰 학교는 아니지만 당시 성공회대학교는 매우 작고 초라했다. 건물 두세 개가 전부였고 손바닥만 한 운동장이 있었다. 학교 뒤로는 산이 하나 있었는데 밤나무가 꽤 많았다. 전혀 서울 같지 않았다. 뒷산을 넘어가면 지금은 사라졌을 동부제강으로 가는 사철(사설철도)도 있었다. 철길 옆에는 간판도 없이 닭도리탕과 순두부를 파는 집이 하나 있었다. 나는 자주 학교를 작파하고 새로 사귄 친구들과 닭도리탕과 순두부에 소주를 마시거나 오류동에 나가 주먹고기를 먹거나 인근인 가톨릭대학교 근처에서 맥주를 마시며 놀았다.

수업 대신 동아리 활동을 하거나 창의적으로 노는 일에 주로 열심이었다. 얼마나 창의적이었는가 하면 어느 해 축제 때 파전과 막걸리를 파는 주점을 했는데, 거의 모든 학과가 같은 주종과 음식을 파는 것 같아 우리는 동동주를 팔기로 했다. 하지만 동동주를 구하기가 마땅치 않자 식혜에 막걸리를 섞어 동동주라고 팔고, 파전이 떨어지자 학교 잔디를 잘라 반죽에 섞어 부친 '잔디전'을 팔기도 했었다.

성공회대학교는 부천과 서울의 경계에 있다. 지금도 그런지는 모르겠지만 당시에는 시와 도의 경계에 해태상으로 경계석을 만들어 놓았었다. 한 번은 친구들과 술을 마시다 만취하여 그 해태상에 올라가 〈꿍따리 샤바라〉를 부르다가 경찰서에 끌려가기도 하고, 갑자기 합창 음악에 꽂혀 대학합창단에 가입하여 전국대학합창대회에 출전하기도 했다. 그렇게 매일 술 마시고 놀기만 하려니 늘 용돈이 부족했다. 군대도 갔다 왔고 더는 부모님께 손 벌리기도 그렇고 어디서 훔쳐 쓸 수도 없으니 결국엔 아르바이트를 해야 했다.

당시 대학생 아르바이트 시급은 시간당 몇백 원이 고작이었는데, 그것 가지고는 놀고먹기가 어려웠다. 나는 고등학교 때 재능을 우려먹기로 결심했다. 예전에 썼던 시들을 고치고 새로 글을 짓기 시작했다. 당시에는 대학생을 대상으로 한 문예 공모 대회가 여러 개 있었는데, 거기서 입상하면 100만 원정도의 상금을 주었었다. 꽤 큰 돈이었다. 신춘문예도 그러한 경향이 있지만 대학 현상 공모는 상을 받을 수 있는 일정한 형식이 있다. 그 형식에 잘 맞추어 쓰면 당선될 확률이 높았다. 나는 고등학교 때부터 여러 현상 공모에 응모한 경험도,

가끔 상을 탔던 경험도 있어 그리 어려운 일만은 아니었다.

　그렇게 순전히 돈벌이를 위해 여러 대학 현상 공모에 출품하기 시작했다. 투고할 때마다 절박한 심정이었다. 아마도 인생을 통틀어 가장 절박한 심정으로, 기도하는 마음으로 각 대학의 현상 공모에 응모했었다. 그리고 고려대학교 문예 공모에 당선이 되었다. 〈겨울산〉이라는 제목의 시였는데 전문은 기억나지 않고, 마지막 문장이 "겨울산이 통째로 얼고 있다"였던 것만 생각난다. 시상식은 광화문 코리아나호텔이었다. 타교생이 상을 받는 것이 흔한 일은 아니었기에 고려대 학보사와 인터뷰도 했었다.

　성공회대에서도 자랑스러운 일이었는지 제법 화제가 되었다. 당시 총장이었던 이재정 신부님을 비롯한 여러 교수님이 내게 밥을 사주시기도 했다. 식사 자리마다 어떻게 성공회대를 오게 되었냐는 질문이 빠지지 않았는데, 나는 매번 "신영복 선생님을 만나러 왔습니다"라고 대답했다. 이 대답이 여러 교수님의 귀로 들어가 나는 '신영복 선생님을 존경하는 글 쓰는 학생'이 되어버렸다.

　　　그렇게 한 학기가 지난 어느 날, 내 학사 논문의 지도 교수였던 조희연 선생님(현 서울시 교육감)이 신영복 선생님이 여행을 마치고 돌아오셨는데, 나를 만나고 싶어 하시니 연구실로 찾아가 뵈라는 말씀을 전해주셨다. 2학기가 시작된 지 얼마 되지 않은 날이었다.

아! 처음 선생님을 만났던 날을 또렷이 기억한다. 나는 갈색 가죽 크로스백을 엉덩이쯤 걸치고 푸른색 반소매 티셔츠에 청바지를 입고 있었다. 어느 맑은 날 오후였고 승연관 담쟁이가 조금씩 색깔을 바꾸기 시작하던 계절이었다. 그 건물 3층이 신영복 선생님 연구실이었는데, 계단을 오르며 몇 번이나 숨을 골랐다. 음료수라도 사 들고 가야 하나? 그냥 가야 하나? 여러 번 고민하다가 그냥 가기로 마음먹었다. 선생님을 만나면 무슨 말을 해야 할까? 왜 보자고 하셨을까? 연구실 앞에서도 바로 들어가지 못하고 한참을 주저했다. 문 앞에 서서 약속한 시간이 맞는지 시간을 다시 확인하기도 했다. 한참을 그러다가 드디어 문을 두드리고 선생님 연구실로 들어갔다.

연구실 왼편으로는 책장 여러 개가 이어져 있었다. 책장 끝에 책상이, 그리고 책상 옆으로 작은 소파와 테이블이 보였다. 내가 문을 들어서자 선생님은 창을 등지고 다가오셨는데, 밖에서 치받치던 햇살 때문에 선생님이 그저 윤곽으로만 보였다. 악수를 할 만큼 가까이 서고 나서야 얼굴을 확인할 수 있었다.

그때는 스마트폰은커녕 인터넷도 없었으니 나는 선생님을 신문 칼럼 하단에 인쇄된 엄지손톱만 한 흑백사진으로만 알았다. 그런데 그 손톱만 한 사진과 웃으며 반겨주시는 모습이 너무나 똑같았다. 상상하고 기대했던 모습 그대로였다. 글에서 받았던 느낌과 전혀 다르지 않았다. 체형도, 표정도, 말투와 행동, 나를 반겨주는 태도까지도 모두 그리던 바 그대로였다. 그날 이후로 지금까지 많은 사람을 만나왔지만, 글과 그 사람이 완벽하게 일치하는 경우는 다시 보지 못했다.

나는 손을 내민 선생님과 악수했고, 그 손의 온기를 여전히 기억한다. 그러나 그날의 장면은 선명한데 그날 내가 무슨 말을 했는지는 전혀 모르겠다. 내어준 차를 마시고 커피까지 한 잔 더 마셨었는데 도무지 기억나지 않는다. 여러 번 기억해 내려 애써 보았지만 헛수고였다.

단지 선생님이 하셨던 질문만 생각이 난다. 낡은 패브릭 소파에 마주 앉아 선생님은 물었다. "글을 쓴다고 들었는데, 어떤 글을 쓰나요?", "요즘은 어떤 책을 읽고 있나요?", "사회학과던데 공부는 어떠한가요?" 등의 질문이었다. 그리고 한 가지 제안을 하셨다. 매주 한두 편 글을 써와서 같이 읽어 보고 이야기도 나누고 차도 한잔씩 하면 어떻겠냐는 제안이었다.

그 말씀을 들은 내가 어떤 기분이었는지는 굳이 설명할 필요도 없을 것이다. '친구가 되지 못하는 스승은 좋은 스승이 아니고, 스승이 되지 못하는 친구는 좋은 친구가 아니다'라는데 그날 나는 평생 그리던 스승을 만났을 뿐 아니라 평생의 친구를 만났던 것이다. 눈부시게 아름다웠던 하루였다.

첫 만남 이후 매주 글을 써서 들고 갔다. 선생님은 내 글의 문장이나 표현, 완성도를 품평하시지는 않았다. 다만 글의 주제와 내 생각들에 관해 여러 다른 관점들을 말해주곤 하셨다. 가끔은 글을 읽지 않고 차만 마시고 나온 적도 있었다. 나는 한 학기 내내 그 시간을 기다렸다. 그리고 선생님을 만나고 말씀을 들을수록 더욱 깊이 존경하지 않을 수 없었다.

춘양시우(春陽時雨).
그 얼굴빛을 보면 사람과 관계 맺는 게
봄볕의 따사로움과 같았고,
그 말을 들어보면 사람에게 파고드는 게
단비의 윤택함과 같았다.
─주희,《근사록》중에서.

선생님은 내게 왜 그러한 시간을 내어주셨을까? 세월이

흐른 후, 나 역시 누군가의 선생이 되었을 때 돌이켜보니 그것은 결코 쉬운 일이 아니었다. 매주 시간을 내는 것도 그렇지만 비문투성이인 글을 성의껏 읽고 학생이 무엇을 고민하며 썼는지 헤아리고, 또 그에 따른 생각과 배경에 대해 말해주는 일은 몹시 번거롭고 귀찮은 일이었을 것이다. 당시에도 선생님을 좋아하며 따르는 사람들은 많았다. 이미 베스트셀러 작가셨으니 팬들도 많았고 학교 수업뿐 아니라 이런저런 강연 요청, 글씨 부탁에 무척 분주하셨을 무렵이었다.

그럼에도 선생님은 거르지 않고 나를 만나주셨다. 나는 한 번도 그렇게까지 해주신 이유를 물어보지는 않았다. 선생님도 왜 그러셨는지 말씀해 주시지 않았다. 지금에 와 생각해 보자면 선생님이 평생에 걸쳐 말씀하시던 '더불어숲'의 철학, "나무의 소망은 한 그루 낙락장송이 되는 것이 아니라 숲을 이루는 것"이라는 그 말씀의 작은 실천 같은 것은 아니었을까 싶다.

어찌 되었든 나는 매우 운이 좋았고 나만 좋았으면 싶었다. 어느 날 "혹시 주변에 글쓰기나 읽기를 좋아하는 다른 학생들이 있으면 몇 명 더 함께하는 것은 어때요?" 하고 말씀하신 적이 있었다. "찾아보겠습니다"라고 대답은 했지만 학기 마지막 날까지 늘 혼자 연구실로 갔다. 실은 찾아보지도 않았지만 누군가 있었어도 아마 혼자 갔을 것이었다. 그렇게 내 대학 생활은 신영복 선생님의 가르침으로 성장했던 시기였다. 다만 배움이 느리고 머리가 좋지 못한 탓에, 알려주신 것들을 제대로 깨치지 못한 늘 모자란 제자였다는 것이 지금도 안타까울 뿐이다.

1999년, 마지막 학기를 앞두고 선생님은 새천년의 시작을 준비하는 세계 현장을 돌아보는 다큐멘터리 촬영을 하시게 되었다. 또 자리를 비우시게 된 것이다. '나는 이제 곧 졸업인데…….' 안타까웠지만 어쩔 수 없었다. 그런 내 마음을 아셨는지 떠나시기 며칠 전 연구실로 나를 부르셨다. "이제 곧 졸업인데 마지막 학기 잘 보내고 내 연구실에서 책도 읽고 글도 쓰면서 보내요." 그러시며 연구실 키를 맡기셨다. 나는 아쉬운 마음에 읽을 책을 좀 추천해 달라고 말씀드렸다. 선생님은 잠시 고민하시더니 책장에서 《논어》를 꺼내 주셨다. 그러고는 다시 긴 여행을 떠나셨다. 비어있는 연구실에서 마지막 한 학기 동안 틈틈이 《논어》를 읽었다. 하지만 매번 몇 장을 읽다가 책을 덮었다. 선생님은 왜 내가 논어를 읽었으면 하셨을까. 무엇을 배우길 바라셨을까.

언젠가 선생님은 스승이란 큰 의미가 없다는 말씀을 하신 적이 있다. 시대가 다르고 환경이 다르고 각자가 놓여있는 처지가 다른데 어떻게 스승이 배우고 익힌 것이 제자에게 똑같이 적용될 수 있겠는가, 하는 말씀이었다. "엄밀한 의미에서 스승은 목표가 될 수 없어요. 다만 참고될 뿐이에요. 그러니 (각자가) 부단히 새로운 길과 방법을 찾아가는 방법밖에는 없습니다."

선생님이 《논어》의 완독을 바란 것이 아니었을 것이다. 다만 《논어》를 통해 이전의 가르침을 참고로 삼고, 결국에는 나 스스로 삶의 방향을 찾기를 바라는 마음 아니었을까.

병아리가 알 속에서 우는 소리를 내면
어미가 밖에서 껍질을 쪼아
새로운 생명이 세상에 태어납니다.
모든 새로운 탄생을 알리는 줄(啐)과 탁(啄)은
동시(同時)에 이루어져야 합니다.
— 신영복, 〈줄탁동시〉.

이듬해 대학을 졸업했다. 졸업 후에도 한동안 헤매긴 했지만 우연한 기회에 내가 연출과 기획에 재능이 있다는 것을 발견했다. 재능을 찾기까지 여러 사람의 도움이 있었고 운도 따랐다. 혼자 했던 고민과 공부의 결과이기도 했다.

나는 연출가로서 약간의 성공과 좋은 평가 덕분에 성공회대학교 겸임교수로 위촉되었다. 첫 강의를 나가던 날 정년퇴임 후 석좌교수가 되신 선생님은 무척 기뻐하셨다. 학교에 다닐 때도 하대는커녕 반말 한 번 하신 적이 없었는데, 선생이 되고 나니 그날부터 '탁 선생'이라 부르시며 반겨주셨다.

수업이 있는 날이면 차도 내려주시고 이런저런 이야기도 해주시며 동료 교수처럼 대해주셨다. 그 후 몇 해 동안 나는 선생님의 제자이자 동료 교수로 함께 시간을 보낼 수 있었다. 결혼할 때는 주례를 서주시고, 내 아이의 이름도 지어주셨다. 고민이 있을 때마다, 어떤 결정을 해야 할 때마다 선생님을 찾아뵈었다. 그때마다 이렇게 저렇게 하라고 답을 주시지는 않았지만, 선생님을 만나고 나면 내가 어떤 결정을 해야 할지 분명해지곤 했다.

2012년 겨울, 이명박 정부의 언론 탄압이 절정으로 치달았다. 그해 방송 3사 총파업이 있었다. MBC를 시작으로 KBS, YTN까지 동참한 파업이었다. 나는 3사 노조의 부탁을 받아 장충체육관과 여의도공원 등지에서 파업의 정당성과 언론자유를 위한 콘서트를 연출했다. 그 행사에서 각

방송사 노조원들을 지지하고 응원하는 여러 지식인의 메시지를 모아 영상으로 만들었다. 삼엄한 시대라 입바른 소리를 하던 많은 사람도 정부 눈치를 보다가 거절하거나 난처해했지만, 선생님은 거절하지 않고 메시지를 보내주셨다.

> 고통이 견디기 어려운 까닭은
> 그것을 혼자서 짐 져야 한다는 외로움 때문입니다.
> 남이 대신할 수 없는 일인칭의 고독이 고통의 본질입니다.
> 여럿이 겪는 고통은 훨씬 가볍고,
> 여럿이 맞는 벌은 놀이와 같습니다.
> 우리가 어려움을 견디는 방법도
> 이와 같아야 한다고 생각합니다.
> ─신영복, 〈고독한 고통〉.

2012년 대선이 끝나고 나는 무척 외롭고 고통스러웠다. 사람들은 박근혜 후보를 대통령으로 뽑았고, 내 앞에서 밀물처럼 다가오던 새로운 시대가 이내 썰물처럼 빠져나갔다. 나는 정치와 무관했다. 큰 관심도 없었고, 정치판과 별다른 인연도 없었다. 하지만 노무현 전 대통령이 돌아가시고 난 뒤 그의 추모 공연을 연출했다는 이유로 이명박 정부 문화예술계 블랙리스트에 이름이 올려졌다(이후 박근혜 정부 문체부와 국정원의 블랙리스트에도 이름이 올라갔다). 더 이상 상업적인 공연을 연출하기가 막연해진 그때, 문재인 당시 대선 후보를 만나 그에게 매료되어 18대 대선 선거운동에 뛰어들었다.

그 시절 확신에 찬 모습으로 선거운동을 하면서도 때때로 엄습하는 불안감에 선생님께 여러 번 물었다. "사람들이 올바른 선택을 할까요? 민주주의는 종종 엉뚱한 선택을 하곤 하잖아요. 이번에도 그러면 어쩌죠?" 그때마다 선생님은 말씀하셨다. "걱정하지 말아요. 사람들은 아무것도 모르는 것 같지만 다 알고 있어요. 세상은 언제나 앞으로 가지 않는 것 같지만 보다 넓게 멀리서 보면 분명히 조금씩 앞으로 가고 있어요."

하지만 다들 알다시피 문재인 후보는 당시 대선에서 패배했다. 세상에는 나와 다른 신념을 가진 사람들이 엄존했고, 선거는 승패가 갈렸으며, 절망감은 구체적인 현실이 되었다.

선거가 끝난 직후 선생님께 따지듯 물었었다. "사람들이 다 알 거라면서요? 어떻게 이런 선택을 할 수 있죠? 대체 이게 무슨 일이죠?" 사람들이, 그리고 그들의 선택이 밉고 싫었다. 해외 이곳저곳을 다니다가 아예 제주도로 거처를 옮겼다. 더 이상 세상 돌아가는 일, 이전에 해왔던 일, 할 수 있다고 생각했던 일에서 멀어지기로 했다. 아침부터 저녁까지 낚시를 했고, 잡은 고기를 손질해 먹었다. 하루의 전부가 그랬다. 누가 불러도 들은 척하지 않았고, 더 이상 사람들 앞에 나서거나 생각을 이야기하거나 무엇을 해보겠다는 생각도 하지 않으려 했다. 그렇게 몇 해를 보냈다.

어느 날 성공회대학교 선생님들이 스승의 날을 맞아 신영복 선생님과 조촐한 점심을 하자고 제안했다. 오랜만에 서울에 올라갔다. 선생님은 이제 석좌교수로서도 마지막 학기만을 남겨 놓으신 때였다. 여러 이야기를 나누면서 함께 식사했다.

그리고 제주도로 내려가기 전 선생님 연구실에 앉아 차 한 잔을 하게 되었다. 나는 한껏 과장하며 제주도 생활이 너무 좋다고 말했다. 이게 진짜 삶이고 괜히 정치니 뭐니 세상을 바꾼다니 어쩌니 하면서 재능과 시간을 낭비한 것이 후회된다고 말했다. 제주도에서는 내가 내 입에 넣는 것을 내 힘으로 만든다며, 그런 삶이 진짜 삶 아니냐는 시답잖은 말을 하기도 했다. 그러면서 세상은 한 발자국도 바뀌지 않고, 우리가 받은 상처는 사라지지 않을 것이라는 앞뒤 안 맞는 말도 한참 늘어놓았다.

언제나 그랬듯 내 말을 한참이나 들어주시던 선생님은 이렇게 말씀하셨다. "큰 슬픔을 견디기 위해서 반드시 그만한 크기의 기쁨이 필요한 것은 아닙니다. 때로는 작은 기쁨 하나가 큰 슬픔을 견디게 합니다. 우리는 작은 기쁨에 대해 인색해서는 안 됩니다. 마찬가지로 큰 슬픔에 절망해서도 안 되고요." 그 말씀은 그동안 들었던 어떤 말들보다 따뜻하고 분명한 위로였으며, 격려였다. 그 말씀을 듣는 순간 울고 싶어졌지만 꾹 참았다.

어제가 불행한 사람은 십중팔구 오늘도 불행하고,
오늘이 불행한 사람은 십중팔구 내일도 불행합니다.
어제저녁에 덮고 잔 이불 속에서
오늘 아침을 맞이하기 때문입니다.
누구에게나 어제와 오늘 사이에는 '밤'이 있습니다.
이 밤의 역사는 불행의 연쇄를 끊을 수 있는
유일한 가능성입니다.
밤의 한복판에서 잠들지 말아야 합니다.
새벽을 위하여 꼿꼿이 서서 밤을 이겨야 합니다.
— 신영복, 〈오늘과 내일 사이〉.

"이제 그만 제주도에서 올라오세요. 올라와서 할 수 있는 일을 하세요." 결국 나는 선생님 앞에서 울고 말았다.

그날 이후에도 마음을 정하지 못하고 제주도에 머물렀다. 그사이 선생님은 피부암을 진단받고 투병 중에 계셨다. 걱정되었지만 내가 할 수 있는 일은 없었다. 다행히 임상 중인 치료제가 효과가 있어 병에 차도가 있다는 소식을 들었다. 선생님의 '마지막 강연'을 정리한 책이 나왔고, 나는 제주도에 있으면서 북콘서트를 연출하러 서울에 올라가기도 했다. 하지만 여전히 제주도를 떠날 수는 없었다. 제주도는 종일 바람이 불어도 시원했고, 햇살이 내리꽂혀도 따뜻했고, 비가 와도 춥지 않았다. 서울은 덥고 추웠다.

시간이 흘러 어느새 2016년이 되었다. 또다시 대선이 다가왔다. 2012년 함께했던 몇몇 사람들이 다시 한번 선거운동을 돕자고 제안했다. 하지만 쉽게 결정하기 어려웠다. 그러던 중 문재인 전 민주당 대표, 양정철 전 비서관과 함께 히말라야 산행을 하게 되었다. 문재인 전 대표는 다음 대선에 도전하기로 이미 마음을 정하신 상태였고, 양정철 전 비서관은 함께 그를 돕자고 내게 부탁했다. 하지만 답하지 못했다.

두려웠다. 사람들의 생각과 결정이 나와 다를 때 다시 한번 감당해야 할 모든 것이 자신이 없었다. 가까스로 추스른 삶이 다시 한번 크게 휘청인다면 그대로 무너질 것만 같았다.

그래서 히말라야 산행을 끝낸 하산 길에 문재인 전 대표에게 출마하지 마시고 그냥 편하게 삶을 사시는 건 어떠시냐는 주제넘은 이야기를 드리기도 했었다. 그만큼 나는 두려웠다.

히말라야를 다녀와서도 제주도에 머물렀다. 이제는 이든 저든 결정을 내려야 할 시점이었다. 생각이 번잡할 때면 항상 찾았던 한림읍 명월성에 앉아 비양도를 바라보던 어느 날이었다. 신영복 선생님 사모님에게서 전화가 왔다. "선생님이 그만 떠나실 것 같네요. 마지막 인사라도 하러 오세요."

그날로 서울로 향했다. 사모님은 임상 치료제가 큰 효과가 없었고, 선생님이 더 이상의 치료를 거부하셔서 선생님을 자택에 모셨다고 하셨다. 오랜 투병으로 체력도 버티시기 어려워 이제는 방법이 없다고 하셨다.

오후께 도착한 목동 자택에는 마지막 작별 인사를 하기 위해 사람들이 모여 있었다. "선생님이 지금은 지치셔서 잠시 후에 들어가는 게 좋겠어요." 기다리는 동안 선생님의 책상과 컴퓨터, 벼루와 붓 그리고 책들을 살펴보았다. 그리고 선생님이 해주셨던 여러 말씀을 떠올리려 애써 보았다. 참 이상하게도 선생님이 해주셨던 말씀들은 생각이 안 나고 그동안 잊고 있던 사소한 모습들만 생각났다.

학교 운동장에서 축구하시던 모습, 감옥에서 배웠다던 땅

탁구를 하시던 모습, 다른 선생님들에게 글씨를 가르치시던 모습, 추어탕을 드시던 모습, 언젠가 내가 중국에서 구한 비단에 쓴 《논어》를 선물했더니 좋아하셨던 모습, 내 책의 제목을 써주시던 모습, 내게 편지를 보내주실 때 겉봉투에 꼭 '탁현민 선생 친전'이라고 쓰셨던 기억.

어느 해 겨울에 강원도 내린천 미산리에서 이철수 선생님, 정태춘 형님, 도종환 선생님 등과 함께 사과주를 마시고 취기가 오르셨던 모습, 가끔 내가 담배를 드리면 못 이긴 척 피우시던 모습, 얼어붙은 강 위에서 독자들과 함께 얼음 축구를 하다가 크게 넘어지셨던 모습, 내 아이의 이름을 지으시면서 며칠을 고민하시다가 열 개가 넘는 이름을 지어 보내주셨던 기억, 종강 때면 수강생들의 장기 자랑 같은 종강 콘서트를 했었는데 서두에 한 말씀을 부탁드리면 "리포트 안 낸 사람 오늘까지 꼭 제출해 주시고요" 하시던 모습, 더운 여름 한철 시원하게 부치라고 부채에 글씨를 써서 보내주신 것, 간혹 외부 행사가 끝나고 내가 차로 모셔다드리겠다고 하면 한사코 택시를 타시겠다고 우기시던 모습, 그런 모습들만 자꾸 떠올랐다.

잠시 후 사모님이 내게 오셨다. 지금 다른 분들은 안 계시고 선생님이 이제 일어나신 것 같으니 가서 뵈라는 말씀이었다. 갑자기 서늘할 정도로 분명한 기시감을 느꼈다. 성공회대학교에서 선생님을 처음 만났을 때 선생님 연구실을 가던 그때 기분이 들었다. 이미 그날 오늘을 본 것 같은 느낌, 아니 오늘의 모습을 그날 본 것 같은 느낌이 들었다. 거실에서 선생님 방까지 몇 걸음이 안 되었을 텐데 1989년 강원고 교무실 어느 선생님의 책상에서 《감옥으로부터의 사색》 책 표지를 보았을 때부터 2016년 오늘까지, 그 모든 날이 마치 하루 일만 같았다.

처음 선생님 연구실 앞에서 머뭇거리던 그때처럼 선생님이 누워계신 방문 앞에서 한참 숨을 고르고 천천히 방으로 들어갔다. 선생님은 병원 환자들이 쓰는 침대에 누워계셨다. 내가 들어가서 한참이 지날 때까지도 아무 말씀 없이 누워계셨다. 얼굴 아래까지 이불이 덮여 있었다. 그때 사모님이 들어오셔서 말씀하셨다. "선생님 탁현민 씨 왔어요." 그리고 좀 더 가까이 선생님께 다가가서 한 번 더 내 이름을 말씀하셨다. 선생님은 누우신 채로 눈을 뜨셨고 손을 내미셨다.

선생님의 손을 잡자마자 눈물이 쏟아졌다. 어떻게 지냈는지, 서울에는 언제 왔는지 물으셨고 내 아이 이야기도 꺼내셨다. 그렇게 힘들게 몇 마디 이야기하셨는데 나는 아무 대답도 못 하고 내내 울기만 했다. 허리가 꺾이도록 울면서 선생님 손을 한참 동안 놓지 못하자 선생님은 처음 만난 그날처럼 맑게 웃으시며 말씀하셨다.

"울지 마세요. 울지 마세요. 다음에 또 만나면 되지." 살면서 내가 겪었던 가장 슬픈 만남이었고 이별이었다.

그다음 날인 2016년 1월 15일, 내 평생의 스승, 평생의 친구는 다음에 또 만나자는 말만 남기고 홀로 멀리 떠났다. 성공회대학교에서 열린 추도식에는 정말 많은 사람이 모였다. 선생님의 제자, 동료, 독자뿐만이 아니었다. 옥살이를 같이한 사람들도 있었고, 〈청구회 추억〉에 등장했던 이제는 노인이 된 꼬마도 있었다. 놀라울 정도로 많은 사람이 저마다 인연을 아쉬워하며 선생님을 떠나보냈다.

무덤을 쓰지 말고 수목장으로 하라는 유지대로, 선생님을 고향 밀양의 소나무 아래 모셨다. 돌아가시고 몇 해가 지나면 추모 행사 같은 것도 하지 말라고 하셨다. 살아계실 때 쓰셨던 많은 글씨는 여러 사람에게 나누어주셨고, 내게는 돌아가시기 얼마 전 내가 쓴 글을 선생님의 글씨로 직접 써서 보내주셨다.

밀양에서 서울로 올라오면서 장지까지 함께했던 모든 사람이 저마다 선생님과의 사연들을 회고했다. 더러는 웃고 더러는 울었다. 다들 선생님과의 각별한 사연을 하나씩 간직한 채 집으로 돌아갔다.

집에 돌아와 영화 〈파인딩 포레스터〉를 보았다. 선생님이 병환 중이실 때 혹시 쓰고 계신 원고가 있는지 여쭈어본 적이 있었다. 선생님은 원고가 있기는 있는데, 매일 고치고 또 지우다 보니 남길 것이 없다고 하셨다. 그러면서 내게 영화 〈파인딩 포레스터〉 이야기를 하셨었다. 은둔한 천재 소설가와 문학을 꿈꾸던 한 청년의 우연한 만남, 소설가의 애정과 배려로 결국 세상 밖으로 나서게 되는 주인공 청년의 이야기는 마치 대학에서 선생님을 만나 다시 글쓰기를 시작했을 때의 기억과도 닮아있었다.

그해 나는 제주도 생활을 정리하고 다시 한번 문재인 후보 대선 캠프에 참여했다. 2017년 대선에서 문재인 후보가 19대 대통령으로 당선되었다. 그 후 문재인 대통령을 모시고 5년의 세월을 보냈다. 매 순간 해결해야 할 문제들로 힘들었다. 하지만 그 순간들보다 힘들었던 것은 견디기 어려울 때 찾아갈 나의 친구이자 스승이 더는 없다는 사실이었다. 그때마다 돌아가신 선생님 전화번호로 회신 없는 문자 메시지를 남기곤 했다. 선생님이 더욱 그리운 날이면 선생님이 남기신 책을 펼쳐보았다. 책을 펼치면 매번 나를 위로해 주는 문장을 발견할 수 있었다.

"높은 곳에서 일할 때의 어려움은 무엇보다 글씨가 바른지 비뚤어졌는지 알 수 없다는 사실입니다. 낮은 곳에 있는 사람들에게 부지런히 물어보는 방법밖에는 없습니다." "물은 빈 곳을 채운 다음 나아갑니다. 결코 건너뛰는 법이 없습니다. 차곡차곡 채운 다음 나아갑니다." "나무의 나이테가 우리에게 가르치는 것은 나무는 겨울에도 자란다는 사실입니다. 그리고 겨울에 자란 부분일수록 여름에 자란 부분보다 훨씬 단단하다는 사실입니다."

덕분에 나는 무사히 5년을 버틸 수 있었다.

2023년, 요즘 다시 제주도에 내려와 있는 시간이 많아졌다. 세상이 뒤로 돌아가고 있는 것 같기도 하고 이전에 겪었던 깊은 분노와 절망이 또다시 엄습하기도 한다. 그래서인지 요즘 제주에서 자꾸 선생님의 책들을 다시 펼쳐 보곤 한다. 정권이 바뀌고 얄팍한 정치적 이해와 무지의 소치로 선생님에 대한 비난과 음험한 말들이 전해질 때도 많았다. 분노가 치밀어 참기 어려웠다. 어떤 수단과 방법으로든 모두 되갚아 주어야겠다고 생각하기도 했다.

하지만 선생님이 남기신 글을 읽다 보면 그런 생각이 조금씩 잦아든다. 선생님은 평생 다른 이들을 비난하거나 폄훼한

적이 없다. 스스로를 변명하거나 이해를 구하지도 않았다.
춘풍추상(春風秋霜). 신영복 선생님은 그런 분이셨다.

> 남을 대하기는 춘풍처럼 관대하게 하고
> 자기를 지키기는 추상처럼 엄정해야 합니다.
> 그러나 우리가 하는 일을 돌이켜보면
> 이와는 정반대의 경우가 대부분입니다.
> 남의 잘못은 냉혹하게 평가하는가 하면
> 자기의 잘못에 대해서는 지나치게 관대합니다.
> 자기의 경우는 그럴 수밖에 없었던
> 불가피한 전후 사정을 잘 알고 있지만,
> 남의 경우는 그러한 사정에 대하여
> 전혀 무지하거나 알더라도 극히 일부분밖에
> 이해하지 못하기 때문입니다.
> 그렇기 때문에 최소한의 형평성을 잃지 않기 위해서라도
> 우리는 타인에게는 춘풍처럼 너그러워야 하고
> 자신에게는 추상처럼 엄격해야 할 것입니다.
> 그것이 대화와 소통의 전제입니다.
> ─ 신영복, 〈춘풍추상〉.

요즘은 부쩍 선생님 생각이 난다. 아마도 다시 막막하고 막연해진 마음 때문일 것이다. 이런 기분이 들 때면 괜히 혼자 있고 싶어진다. 그러나 선생님은 그럴수록 사람을 만나고 사람과의 관계를 통해 나아져야 한다고 말씀하시곤 했다.

나는 요즘에야 그 말씀이 이해가 간다. 세상에 혼자서 극복할 수 있는 것은 없다. 혼자서 극복할 수 있다면 그것은 애초에 그리 큰 문제가 아니었을 것이다. 우리 삶의 문제 대부분은 서로의 관계에서 만들어지고 관계를 통해서만 풀릴 수 있다.

선생님 말씀대로 우리는 모두 누군가의 제자이면서 동시에 누군가의 스승으로 살아간다. 가르치고 배우는 연쇄 속에서 자기 자신을 깨달아 가는 것이다. 생각이 이쯤에 이르면 마음이 조금은 편안해진다.

고립무원에서 깨달음을 바라는 것이 아니라 다른 사람들과의 관계 속에서 부단히 자기 자신을 깨달으며 조금씩 나아져야겠다. 그렇게 조금씩 나아지며 한 시절을 보내다 보면, 언젠가 선생님을 다시 만날 수 있을 것이다.

그날이 오면 선생님이 걸어가셨을 서오릉 소풍 길을 걸어가고 싶다. 가슴에 맑은 진달래꽃을 한 장 붙이고, 나의 스승이자 친구에게로 천천히 걸어가고 싶다.

전 직장 상사에 대한 추억

퇴임한 대통령을 경남 양산 사저에 모셔다드리는 날, 모든 일정이 끝나면 큰절이라도 하고 싶었다. 하지만 많은 사람이 분주했고 경황도 없어 그냥 나왔다. 실은 마지막 인사를 드리겠다고 생각한 순간부터 마음이 힘들었다.

양산을 나와 부산으로 갔다. 함께 일했던 사람들과 부산에서 하루를 보내고 다음 날 부산역에서 출발해 서울로 갈 생각이었다. 2009년 처음 문재인 노무현재단 이사장을 뵙기 위해 부산으로 내려갔었으니, 이 여정의 마지막은 부산이었으면 싶은 까닭도 있었다. 부산에서 시작했으니 부산에서 끝맺음하는 것이 맞다 싶었다. 밤새 술을 마시고 웃고 울며 함께 일했던 사람들과 마지막 날을 보내고 다음 날 오후 기차를 탔다.

기차는 천천히 부산역을 출발했다. 13년 여정의 마지막 순간이었다. 회한이 없을 수 없고 흘러가는 창밖 풍경 하나하나가 각별하지 않을 수 없었다. 대통령과의 첫 만남을 떠올리려고 애써 보았지만, 생각과 풍경이 뒤섞여 정신없이 시선의 뒤편으로 빨려 들어갔다. 사실 지난 십여 년 내내 그랬다. 삶의 속도가 너무 빨랐다. 많은 것이 지나갔고, 많은 것을 잊어버렸다. 그러나 부산발 서울행 KTX 안에서 내가 해야 할 일은 없었다. 그저 천천히 처음을 떠올리고 마지막을 생각하는 것이 전부였다.

전 직장 상사 문재인 대통령을 처음 만난 곳은 양산에서였다. 부산에서 양정철 전 비서관, 이호철 전 비서관, 그리고 정연주 전 KBS 사장을 만나 양산으로 갔다. 당시 대통령이 계셨던 곳은 지금 거처하시는 양산 평산리가 아닌 양산 매곡리였다. 훨씬 더 깊은 산골이었고 막다른 길의 끝이었다. 노무현 전 대통령 퇴임 이후 더는 세상과 인연을 맺지 않겠다는 의지로 길이 끝나는 가장 깊숙한 곳에 집을 짓고 사셨다고 한다. 그 이야기를 처음 들었을 때가 2012년 대선에서 지고 나서였는데, 그렇게 깊숙이 자신을 유폐시킨 사람을 다시 불러내 견디기 힘든 고통을 주었다는 사실에 마음 아프고 죄송했었다.

처음 만난 문재인 이사장은 밀짚모자에 헐렁한 줄무늬 남방 차림이었다. 보리수 열매가 빨갛게 익어 포도처럼 주렁주렁했던 늦여름이었다. 문재인 이사장은 우리를 그리 반갑게 맞아주지는 않았다. 허술한 차림으로 나무 꼬챙이 하나 들고 닭장을 나간 닭들을 찾느라 분주하셨다. 다들 인사도 제대로 나누지 못한 채 "구구구" 하며 닭들을 찾아다녔다. 노을이 보리수 열매처럼 붉게 번져갔다. 그렇게 날이 어둑해질 때까지 여기저기를 헤매고 다녔지만 결국 닭을 다 찾지는 못했다. 우리는 날이 완전히 어두워지고 나서야 집 안으로 들어갔다.

그해 노무현 전 대통령이 서거하고 얼마 뒤, 몇몇 사람들이 찾아와 노 전 대통령 추모 공연 연출을 부탁했었다. 몇 번 사양하기는 했지만 내가 할 수 있는 일이기도 했고, 하고 싶었던 마음도 있었다. 잠시 고민하던 사이 신해철 형도 같은 부탁을 해왔다. 준비만 해준다면 꼭 출연하겠다는 약속도 했다. 연락을 돌려보니 많은 뮤지션이 추모 공연을 원하고 있었다.

나는 공연 연출을 결심했고 준비를 시작했다. 과정이 순탄치는 않았다. 공연 전날 공연을 열기로 했던 연세대학교에서 공연을 불허하는 사태가 벌어졌다. 어쩔 수 없이 공연장을 모교인 성공회대학교로 옮기는 수밖에 없어서 학교 총장님께 전화를 했다. 총장님은 내 이야기를 한참 듣더니 "허가를 해줄 수 없다"고 말씀하셨다. 그리고 한마디 덧붙였다. "하지만 너도 알다시피 우리 학교는 늘 열려있을 거야."

그 밖에도 여러 야단법석이 있었지만, 결국에는 수많은 사람이 낯설고 멀리 있는 성공회대학교까지 찾아왔다. 약속했던 출연진도 모두 무대에 오르며 노무현 전 대통령의 추모 공연 '다시 바람이 분다'가 만들어졌다. 그날 공연은 서거한 노 전 대통령을 추모하기 위한 자리였지만, 내 운명이 바뀐 공연이기도 했다. 추모 공연을 연출한 이후 이명박 정부의 문화예술계 블랙리스트에 올라갔고, 더는 일반적인 행사나 상업적인 공연을 할 수 없었다. 결국 운영하던 프로덕션을 후배들에게 물려주고 회사를 나왔다.

그리고 그때부터 4대강 반대 공연, 노무현재단 창립 공연, 〈나는 꼼수다〉 토크콘서트 등을 연출하며 이전과는 전혀 다른 이력을 쌓게 되었다. 문재인 대통령을 만난 인연도 결국에는 노무현 전 대통령의 추모 공연을 연출했다는 것과 맞닿아 있고, 노무현재단 창립을 도왔던 것에서부터였으니 공연 하나 연출한 결과치고는 너무도 큰 변화였다.

어느 날 양정철 당시 노무현재단 사무국장이 찾아와 원고 뭉치를 하나 던져주었다. 양정철 사무국장과는 이미 노무현재단 행사를 여러 차례 함께했었고, 나 역시 노무현재단의 운영위원이었기 때문에 가까운 사이였다. 우리는 여러 가지로 뜻이 잘 맞았다. 나보다 7~8년은 손위인 그를 나는 지금도 형이라고 부르지 않고 '양박사'나 '양'이라고 부른다. 그는 "어린놈이 싸가지도 더럽게 없어서 형이라고 죽어도 안 해"라고 가끔 말하지만, 그도 '형' 소리 듣길 그다지 바라는 것 같지는 않다.

그가 이런 싸가지인 나를 두고 봐준 이유는 내가 전작《미스터 프레지던트》에서 썼던 것처럼 "어떤 새로운 것을 배우고 싶다면, 조금은 너그러운 사람이 되고 싶다면, 자신보다 어린 사람, 예의 없고 삐딱한 사람과 함께 일하길 권한다"는 회고와 같은 맥락일 것이다. 아마 '양'에게는 내가 그런 존재였을 것이다. '양'이 그날 내게 던져준 원고 뭉치는 제목이 없었다.

"누가 쓴 건데요?"

"이사장님(문재인 노무현재단 이사장). 한번 읽어 봐. 읽고 나서 어떤지 소감도 말해주고."

꽤 두툼한 A4 뭉치를 받고 얼마 되지 않아 글을 다 읽었고, 원고를 돌려주기 위해 그를 다시 만났다.

"어땠어?"

나는 잠시 망설이다 말했다.

"운명이네요. 노무현과 문재인도 운명이고, 그리고 이제는 문재인의 운명."

"그치. 나도 똑같은 생각이 들었어. 그리고……."

"그리고?"

"이런 사람이 대통령이 되어야 하지 않을까 싶은 생각."

단언컨대 19대 대통령 문재인, 그 시작은 그 순간이었을 것이다. 어쩌면 대통령 문재인의 운명을 미리 내다본 것은 문재인 자신보다 양정철이 먼저였을지도 모르겠다. 대선 출마를 선언한 2010년부터 퇴임하신 2022년까지 12년 동안 문재인 대통령을 위해 헌신한 수많은 사람이 있었고, 문재인 대통령에게 필요했던 수많은 사람이 있었다. 그들 중 나를 포함해 다른 모든 사람은 언제든지, 얼마든지 대체될 수 있었다. 하지만 '양정철', 그는 대체될 수 없었다. 그가 없었어도 대통령 문재인을 만날 수 있었을까. 절대 불가능한 일이었을 것이다.

'문재인 대통령 만들기'에서 나의 첫 역할은 《운명》의 북콘서트를 기획하는 일이었다. 그때까지 '북콘서트'라는 형식은 없었는데 아마도 내가 처음 만들어 낸 장르이지 않을까 싶다. 북콘서트 구성은 토크콘서트와 크게 다르지 않았다. 그때 한참 토크콘서트 기획과 연출에 재미를 붙이고 있었다. 콘서트

형 무대에 드라마 세트 개념을 도입하고, 타이틀과 브릿지 영상을 제작하고, 무대와 관객의 자연스러운 대화를 유도하며 스탠드업 코미디와 비슷한 형식으로 구성한 것이었다.

정치를 콘텐츠로 한 토크콘서트인 〈나는 꼼수다〉가 공전의 히트를 기록하기도 했다. 김어준의 부탁으로 팟캐스트 〈나는 꼼수다〉를 공연 형태로 만들어 전국 순회 중이었는데, 어느 지역 공연이든 티켓 오픈 1~2분 만에 매진되었다. 분주한 나날이었다. '양'의 부탁을 받아 《운명》을 북콘서트로 만들기 위해 여러 날을 고심해 콘셉트와 내용을 구성했다. 그런데 막상 공연 준비를 시작하려니 저자이자 주인공인 문재인 이사장이 영 내키지 않아 한다는 말을 전해 들었다. 결국 설명도 하고 설득도 하기 위해 몇 사람과 함께 양산으로 내려갔다.

문재인 이사장과 양산에서 저녁 식사를 같이하면서 북콘서트가 무엇이고, 어떻게 구성이 되는지, 저자는 어떤 역할을 하면 되는지, 무대와 객석의 분위기는 어떨지 등을 최대한 자세하고 성의 있게 한 시간 정도에 걸쳐 설명했다. 문 이사장은 눈빛을 맞춰가며 내 이야기를 처음부터 끝까지 끄덕이시며 듣더니 딱 한 마디하셨다.

"근데 나는 탁 교수가 뭐라고 하는지 하나도 모르겠네요."

"……."

오랫동안 그때 문재인 이사장이 내 설명을 전혀 이해하지 못했다고 생각했다. 그런데 돌이켜 생각해 보니 이해를 못 하셨다기보다는 북콘서트를 하고 싶지 않으셨던 것 같다.

그렇게 여러 곡절이 있었지만 결국 문재인 이사장은 《운명》 북콘서트를 승낙했다. 서울을 시작으로 거제도에 이르기까지 반년에 걸쳐 수십여 개 도시에서 북콘서트를 했다. 북콘서트는 책을 홍보하거나 책을 읽은 사람들을 위한 행사였지만, 결과적으로 책 안에 담긴 내용뿐 아니라 '문재인'이라는 사람을 알리는 데 더 유효한 프로그램이었다. 그리고 '문재인' 스스로 대중 앞에 서서 이야기를 시작했다는 점에서 의미가 컸다. 노무현 대통령의 비서실장에서 대선 후보 문재인으로 바뀌어 가는 시간이었다.

2012년 대선에서는 몇 번의 대규모 유세와 영상 콘텐츠의 제작과 연출을 맡았다. 직접 사회를 보기도 했다. 그 과정에서 당시 민주당과 여러 갈등이 있었고 대놓고 싸우기까지 했다. 지금도 많은 정치인이 나를 곱게 보지 않는 이유이기도 하다. 사실 국민의힘 정치인들만 나를 못마땅하게 보는 것은 아니다. 문재인 정부 5년을 거치면서 나를 민주당과 가까운 인사라고 세간에서는 규정하지만 꼭 그렇지도 않다. 무엇보다 나 자신이 그렇게 생각하지 않는다. 여러 이유가 서로에게 있겠지만 이제 와서 언급하고 싶지는 않다. 중요한 것은 결국 그해 대선에서 우리는 지고 말았다는 사실이다.

반드시 이겨야 할 때 지는 것은 두 배의 원망을 받아야 하는 일이고, 개인이 겪어야 할 충격과 상처는 덤이다. 많은 절망을 느꼈고 시대와 사람들에게 실망했다. 결국 스스로 유폐하는 것밖에는 방법이 없었다. 캠페인을 기획하고 실행했던 많은 사람이 그러했다. 패배한 대선 후보 문재인 역시 힘들고 어려운 시간을 보냈다. 개인적 감정이나 상태를 잘 드러내지 않으시는 분이니 무던히 참아내며 지내실 거라고 생각했다. 하지만 그때 눈물도 보이시고 감정을 추스르는 데 긴 시간이 걸렸다는 이야기를 2022년 대통령 퇴임 이후 우연히 전해 들었다.

내 자발적 유배지는 제주도였다. 이명박 정부의 블랙리스트에서 다시 박근혜 정부의 블랙리스트까지 더해져 앞으로 어떤 일도 도모하기 어려워졌다. 나는 제주대학교 시간강사가 되어 매주 제주도로 내려갔다. 그러다가 언제부턴가는 작은 연셋집을 하나 얻어 1주일에 5일은 낚시를 하고 하루는 수업을 하며 몇 해를 보냈다. 다들 형편없는 시절이었다. 누가 누구를 챙기지도 못했고 서로의 위로가 오히려 더 큰 상처가 되기도 했다.

그 몇 해 동안 문재인 당 대표는 물론 양정철과도, 또 다른 누구와도 연락하지 않았다. 대선에서 지고 난 첫해는 분노와 오기로 이런저런 일들을 벌여보기도 하고 새로운 기획을 해보기도 했다. 하지만 견뎌야 할 5년은 너무도 길었고 싸워야 할 일은 매일 생겨 도저히 버티기 어려웠다. 형편은 없었지만 그래도 제주도에서 생활은 여러모로 잘한 선택이었다. 제주도는 나를 기다릴 수 있게 해주었고 견디게 해주었다. 장마 뒤끝에 만난 달팽이부터 비양도 서쪽으로 지는 노을까지…… 관찰하던 모든 것에 의미를 부여하고 성찰하며 조금씩 나아질 수 있었다.

2016년 6월. 문재인 전 대표와 양정철과 함께 히말라야 랑탕으로 떠나게 되었다. 함께 트레킹을 가자는 제안을 받고 처음에는 망설였다. 결심이 필요한 일이었다. 다시 한번 대선 캠페인에 뛰어들겠다는 결심부터 또다시 큰 절망과 상처를 받을 수도 있다는 결심까지 필요했다. 오랜 고민 끝에 결국 함께 떠나기로 하고 준비를 시작했다. 트레킹 여정과 루트를 짜는 일은 여행 전문가 탁재형과 네팔 현지 가이드 빅터람의 도움을 받았다. 히말라야-부탄으로 이어지는 여정에 의미를 부여하고 대선 후보 문재인의 심경과 각오를 담은 메시지는 양정철이 담당했다. 나는 사진과 영상 기록 그리고 그것을 바탕으로 한 콘텐츠 기획을 맡았다.

　물론 트레킹의 모든 것을 면밀하게 기획했던 것은 아니다. 여정의 절반은 예상치 못했던 일들의 연속이었다. 하지만 오랜 여행에서 대선 후보 문재인의 심성과 생각, 결심이 자연스럽게 드러났다. 여기에 여러 에피소드가 더해지며 일정 중에 공개한 사진들과 메시지는 국내 언론의 큰 주목을 받기도 했다. 18대 대선 캠페인의 시작이 《운명》 북콘서트였다면, 19대 대선 캠페인의 시작은 '히말라야 트레킹'이었던 셈이다.

　2주 넘게 걸었던 트레킹 중 우리는 많은 일을 겪었다. 랑탕을 지나 코사인쿤드라는 곳으로 향하던 어느 산장에서 이른 저녁을 먹었다. 그날 일정은 끝났고 모두 한 차례씩 산 거머리에 호되게 당하고 난 뒤여서, 거머리가 피를 빨고 떨어져 나간 자리에 연고를 바르고 있었다.

　"근데 대표님은 한 곳도 안 물리셨네요?"

　"응. 나는 원래 모기도 잘 안 뭅니다. 피가 차서 그런지 몸이 차서 그런지."

　"신기하네요. 다들 물렸는데 말이죠."

　"보자면 여럿이 있어도 꼭 물리는 사람만 물리는 법이죠."

　"그런가요. 음……."

그렇게 다들 신기해하며 혹시나 있을지 모를 거머리를 찾느라 목덜미며 발이며 살펴보느라 분주했다. 문재인 전 대표혼자만 산장 입구에 걸터앉아 조용히 책을 꺼내 읽기 시작하셨다. 깊은 산골에 조각난 햇살이 조금씩 더 잘게 부서지고있었다. 나는 그 모습이 보기 좋아 조용히 카메라를 꺼내 책읽는 문재인 전 대표를 촬영했다.

"근데 원래 턱 아래에 점이 있으셨나요?"

턱 아래쪽에 그간 못 봤던 제법 큰 점이 있는 것을 보고 말했다.

"나? 턱? 아래 점이 있었나?" 하며 아래턱을 문지르는데 '툭'하고 점이 떨어져 나갔다. 알고 보니 거머리였다. 오랫동안 피를 빨아 이미 통통해진 거머리였다. 떨어져 나간 자리에 피가 번졌다.

"아니, 얼굴에 거머리가 붙어있는데 가렵지도 않으셨어요? 이 정도면 한참 붙어있었을 텐데."

"……."

"아니, 원래 잘 안 물리신다더니……."

피가 차다거나 몸이 차서가 아니라 통증에 좀 둔감하셔서 물리고도 잘 모르시는 것 같았지만 말하지는 않았다. 그냥 조용히 거머리가 떨어져 나간 자리에 연고를 발라 드렸다.

트레킹 일정을 모두 마치고 하산하기 전날에는 그간 고산병 때문에 자제했던 맥주를 한잔했다. 모든 여정이 끝났고 힘들고 고생스럽기는 했지만 크게 다친 사람 없이 무사히 마쳐서 다행이었다. 둘러앉아 맥주를 마시며 그동안 있었던 여러 가지 사건들을 이야기하며 웃다가 양정철이 이제 서울로 돌아가면 해야 할 일들에 대해 말을 꺼냈다. 준비해야 할 일들이 많았고, 각오하고 결심해야 할 일들도 많을 터였다. 잠시 망설이다가 문재인 전 대표에게 먼저 말을 꺼냈다.

"근데 앞으로는 연설이든 뭐든 좀 더 시원하게 말씀하셨으면 좋겠어요. 내질러야 할 때는 좀 지르시고 큰소리도 치시고 아닌 건 아니라고 싹뚝 자르시기도 하시고 그러셔야 해요. 그래야 '고구마'란 소리를 안 듣습니다."

오래전부터 드리고 싶었던 말이었다. 문재인 전 대표가 매사에 너무 조심하고 여러 가지를 고려하며 이야기하시니 두루뭉술한 표현이 많았다. 그러다 보니 대중이 바라보는 '문재인'은 사람은 좋은 것 같은데 답답하다는 평이 많았다. 문재인 전 대표는 아무 말 없이 맥주잔을 비웠다. 그리고 역시나 천천히 말했다.

"그게 좀 이유가 있습니다. 내가 처음 인권 변호사를 하겠다고 부산에 내려가서 일을 시작했는데, 우리 사무실이 그런 일을 한다고 알려지자 찾아오는 사람들이 한결같이 돈 없고, 힘없고, 어디서 부당한 일을 당하고도 말 한마디 못 하는 그런 사람들만 왔어요. 근데 그런 사람들은 변호사랑 마주 앉아도 말을 잘 못합니다. 화만 내는 사람, 울기만 하는 사람, 눈치만 보는 사람들이에요. 나도 처음에는 이야기 좀 들어보고 '알겠습니다. 가보세요'라고 말하기도 하고, 같은 말을 되풀이하는 사람에게는 핀잔도 주고 그랬는데, 어느 날 보니까 내가 그런 태도를 보이면 그 사람이 기가 팍 죽어서 말도 못하고 돌아가는 거예요. 그래서 그때 반성을 좀 했습니다. 내가 다 알아도, 좀 귀찮고 힘들어도, 어떻게 해주지 못해도 말은 끝까지 들어주자, 그 사람 말하는 거라도 들어주자. 세월이 오래 지나니 그게 습관이 된 것 같습니다. 기왕 듣는 거 잘 들어주는 거. 아마 내가 좀 느리고 시원하게 이야기하지 못하는 것도 그런 까닭인 것 같고요."

정확히 그때였던 것 같다. 이런 사람이 대통령이 되었으면 좋겠다고 생각한 순간이.

이런 사람을 따라 걷고 싶다는 생각이 들었다. 다만 이곳 히말라야만 아니라면 어디라도 기꺼이 갈 수 있겠다 싶었다. '살면서 정말 중요한 것은 어느 순간 그냥 알게 된다'는 말을 나는 그제야 믿게 되었다.

어느새 부산에서 출발한 기차는 노량진을 지나 한강대교를 넘어서고 있었다. 나의 회상은 거기에서 멈추었다. 그리고 생각했다.

'이 기차가 서울역에 도착하면 이제 모든 여정은 사실상 끝이구나.'

해거름에 서 있던 노무현재단 문재인 이사장, '사람이 먼저'라던 2012년의 문재인 대선 후보, 구름을 시선 아래에 두고 맥주를 마시던 히말라야에서의 문재인 전 대표, 2017년 촛불을 들고 '다시' 대선에 나섰던 문재인 후보와 이제 영원히 안녕이겠구나…….

대통령이 나에게 실망하지 않았으면 좋겠다는 생각으로 일했던 지난 5년이었다. 내 능력이 아니라 여러 사람의 도움으로 그 시간을 버텨왔다. 많은 사람에게 진심으로 감사하다.

기차가 서서히 서울역 플랫폼으로 들어섰다. 그리고 마침내 멈추었다.

나의 한 시절이 그의 한 시대와 함께 흘러갈 수 있어서 영광이었다.

자리에서 일어나 나직이 말했다.

"굿바이, 마이 프레지던트."

평가에 관하여

'한 사람에 대한 평가는 그 사람의 삶 전체로 해야 한다.' 어떤 사람이든 남을 평가할 때는 매우 신중해야 한다는 의미로 이 말을 종종 써왔다. 그러다가 언젠가 유시민 작가와 이야기를 나누며 이 말을 했더니 그는, "그건 다른 사람을 평가하지 말라는 말이지 신중하라는 말이 아니야"라고 말씀하셨다. 그제야 '아! 그렇구나' 싶었다.

문재인 정부 5년이 끝나면서 우리의 모든 것이 평가받게 될 것임을 알고 있었다. 당연한 일이었다. '사람'에 대해서는 결국 평가하지 않는 편이 나을지 모르겠지만, 지난 정부에 대한 평가는 피할 수 없는 일이다. 《미스터 프레지던트》를 쓴 이유 중 하나는 자평(自評)이었다. 문재인 정부에 대한 온당한 평가를 위해서는 충실한 복기와 여러 회고가 나와야 한다. 그리고 이러한 회고들을 바탕으로 과거와 현재의 시점을 나란히 놓고 보아야만 지난 5년을 온전히 평가할 수 있을 것이다. 책을 쓴 것도 지난 5년 동안 내가 맡았던 일에 대해 책임지는 일이라고 생각했다.

퇴임하고 1년이 지난 지금, 나는 우리 정치 현실을 너무 낭만적으로 보았던 것 같다. 문재인 정부에 대한 평가는 대통령이 퇴임하기도 전에 시작되었고, 복기와 회고는 전혀 지표로 쓰이지 않았다. 새 정부는 이전 정부의 모든 것을 부정하는 것에서 출발했다. 부정의 이면에는 증오가 있었다. 지난 정책에 대한 평가가 아니라, 지난 정부의 사람들에 대한 증오였다. 그리고 이를 부추기는 것은 보수를 참칭한 매체들이었다. 이를 소비하고 확대하고 재생산하는 일단의 사람들도 있었다. 모든 평가는 정치 공세였고, 새 대통령의 지지율을 끌어올리기 위한 방편으로 전 정부의 모든 것이 가공되었다.

"사람은 행위가 아니라 행위 뒤편에 숨은 의도로 죄를 짓는 것이다.…… 행위는 진실이 아니다. 다만 결과일 뿐이다." 헝가리 작가 산도르 마라이가 쓴 소설 《열정》에 나오는 말로, 나는 이전 정부의 모든 것을 부정하는 평가들보다 그 이면에 숨은 의도에 더 분개했다. 그들은 의도가 비열할수록 점잖은 척했고, 거짓말일수록 태연한 척했고, 무지할수록 다

아는 것처럼 말했다. 현재의 시점으로만 지난 일을 평가했고 자신들의 이익을 따져 판단했다. 그것은 매우 효과적이어서 지난 일들에 대한 우리의 모든 설명을 궁색한 변명처럼 들리게 했고, 과정은 생략되고 결과만 보이게 했다. 이해의 문제가 아니라 감정의 문제로 만들었다.

"정치에 모질고 무책임한 언어가 범람하는 이 시대에 더는 말을 보태지 말자"는 자조도 나왔다. 그러나 나는 참지 못했다. 사실을 다투거나 그 과정을 힘들게 설명했다. 그러고서 후회하곤 했다. 과거의 공적을 놓고 누군가를 설득하기는 참으로 어렵다는 생각도 했다. 한 정부의 업적이란 '과거에 무엇을 잘했느냐가 아니라 지금 무엇을 잘하고 있느냐'인데, 지난 정부는 말 그대로 이미 지나갔기 때문이었다.

"그대가 도왔던 자가 그대를 탓할 것이고, 그대가 보호한 자가 그대를 증오할 것이다." 문재인 전 대통령과 윤석열 대통령을 생각할 때마다 드라마 〈웨스트 윙〉 시리즈에 나온 러디어드 키플링의 말이 떠오른다. 문 전 대통령 스스로도 "무척 공교로운 일이 되었다"고 언급했던 윤석열 대통령의 탄생은 민주당 선거 전략의 실패였을까? 아니면 윤석열 대통령이 후보 시절 손바닥에 새긴 '王'자처럼 그가 애초에 왕이 될 운명이었을까? 그도 아니면 문재인 정부 인사 실패로 인

한 후과일까?

언젠가 이 고민을 두고 "유권자가 열쇠를 쥔 것이 아닐 때가 있다. 환경과 역사가 쥐고 있다"는 투로 이야기한 적이 있었다. 문재인 정부의 과오도, 지지하는 세력의 힘이 부족해서도 아닌 역사와 역사를 둘러싼 환경의 변화가 윤석열 정부를 탄생하게 만든 것이라는 논리였다. 코로나 팬데믹에 대한 피로감과 신냉전 질서에 대한 불안감이 더해졌고, 지난 5년 동안 어느 정도 충족된 수평적 리더십에 대한 아쉬움과 답답함 같은 것들이 영향을 주지 않았겠는가 하는 분석이었다. 이러한 분석이 맞건 틀리건 달라지는 건 없다. 하지만 정치적 패배의 원인이 꼭 유권자와 유권자를 설득하는 과정, 다시 말해 선거 캠페인의 성패에만 있지 않다는 생각 앞에 서면 마음은 더욱 무거워진다.

당장의 정치적 득실만을 놓고 문재인 정부를 평가한다면 그것은 과거에 머문 평가일 뿐이다. 정치적 대립만 커질 뿐이며 차라리 평가하지 않는 것만 못하다. 사람이든 시대든 우리가 성찰적 평가를 해야 하는 이유는 그것이 앞으로 다가올 미래에 영향을 주기 때문이다.

나는 지난 5년 간 대통령을 지근거리에서 보아왔다. 대통령은 하루도 빠짐없이 새로운 일 앞에 놓였고, 국정은 언제나 처음 맞닥뜨린 일에 대한 최선의 해결책을 만드는 것이었다. 그러나 세상에 완벽한 대안이란 있을 수 없다. 결국 새 대통령과 새 정부는 이전 정부의 공과를 통찰해 나아지는 방법밖에 없다.

모쪼록 윤석열 정부가 정신 차리길 바란다. 바뀌길 바라고, 잘하길 바란다. 그러기 위해서는 윤석열 대통령의 마음이 바뀌어야 한다. 전임 대통령과 전 정부에 대한 콤플렉스, 증오, 분노를 버리는 것이 가장 먼저다. 마음을 바꾸지 않는 사람은 결국 아무것도 바꿀 수 없기 때문이다.

마스터 요다의 가르침

두려움은 분노를, 분노는 증오를, 증오는 고통을 낳는다
(Fear leads to anger, anger leads to hate, and hate leads to
suffering).

—〈스타워즈 에피소드 1: 보이지 않는 위험〉 중에서.

마땅찮은 세상을 이겨내기 위해서는 분노가 필요할 것 같
지만 그게 꼭 그렇지는 않다. 오히려 좋았던 기억을 떠올리
는 편이 분노보다 유용할 때가 많다. 영화 〈스타워즈 에피소
드 6: 제다이의 귀환〉을 보면 주인공 루크 스카이워커가 절
체절명의 상황에 놓였을 때, 시스 로드의 마지막 일격을 막
아선 것은 그의 아버지 다스베이더(아나킨 스카이워커)였다.
그는 강력한 어둠의 힘이 아니라 오로지 아들에 대한 사랑으

로 흑화된 분노를 극복하고, 마침내 포스의 균형과 은하계의 평화를 가져오는 결정적 역할을 하게 된다.

어디 그뿐일까. 수많은 영화에서 주인공이 절대적인 위기의 순간을 극복하는 힘은 대적하는 상대에 대한 분노나 증오보다는 자기 삶에 각인된 작고, 사소하고, 좋았던 기억들에서 나온다. 그 기억의 힘으로 주인공에게 내재된 힘이 발현하고, 주인공의 선의를 잊지 않은 지원군들이 당도하고, 때에 따라 적들도 감복하여 무릎을 꿇는 일들이 비일비재하다. 굳이 영화가 아니더라도 분노가 없는 사람이 분노만 가득한 사람보다 행복하고 건강하며 무엇보다 삶이 즐거울 것이다.

분노의 종국이 고통인 까닭은 마스터 요다가 이미 말했다. 분노는 두려움에서 시작되어 증오로 나아가고, 상대를 향한 증오는 결국 나의 고통에 이른다는 가르침이다. 우리가 겪는 정치적인 분노 역시 그 발단은 두려움이지 않을까 싶다. 새로 들어선 정부가 그간 지켜온 사회적 합의와 상식, 가치를 부정하면서까지 이전 정부의 정책을 폄훼하고, 이전 정부의 사람들을 사법적·정치적으로 공격하는 것을 목격하면 슬그머니 두려워질 수밖에 없다. 그렇게 두려움과 정면으로 마주했을 때, 사람들의 선택지는 많지 않다. 순응하거나 분노하거나 둘 중 하나다.

하지만 둘 중 어느 것도 마땅치가 않다. 순응한다고 해도 갑자기 마음이 바뀔 리 없으니 결국 뉴스를 보지 않거나 침묵을 선택하는 것 정도일 텐데, 그렇게는 오래 버티기 쉽지 않다. 분노하게 되면 시간이 지날수록 더욱 분노하게 되어, 어느 순간 분노의 대상을 증오하게 된다. 이쯤 되면 상대는 절대 '악'이 되어버리고, 나 또한 흑화해 버린다.

문제는 영화와 달리 현실에서는 저주로 사람이 죽지 않고 증오로 세상이 바뀌지 않는다는 것이다. 특히 타인이나 다른 정치 세력을 탓하는 것만으로는 자신이 바라는 세상은 절대 오지 않는다. 남 탓으로 잠시 웃거나 정신 승리를 할 수도 있겠지만 그때뿐이다. 세상은커녕 한 개인의 삶도 절대 바뀌지는 않는다. 증오는 결국 자신을 고통스럽게 할 뿐이다.

이것은 오랜 시간 학습해야 하는 지식이 아니고 대단한 철학도 아니다. 인생을 살다 보면 알게 되고 영화 〈스타워즈〉 시리즈만 보아도 알 수 있다. 상대를 이기고 싶다면 저주보다는 성찰이 필요하고, 상대보다 나아지고 싶다면 증오보다는 노력이 필요하다는 것. 이것이 현실을 넘어 세상을 바꾼 사람들의 성공 비결인 셈이다.

일전에 김어준의 유튜브 방송 〈다스뵈이다〉에 출연했을 때 마스터 요다의 말을 전한 적이 있다. 그러면서 김어준을 놓고 내가 아는 사람 중 유일하게 증오가 없는 분노, '순수한 분노'가 있는 사람이라고 말했다. 분노가 그렇게 '순수'하면 강한 힘을 갖게 된다는 말도 함께 전했다.

내가 생각하는 순수한 분노란 일단 득실을 따지지 않는 분노여야 한다. 손해를 볼 줄 알면서도, 때로는 이익을 포기하면서도, 끓어오르는 분노가 순수한 분노다. 사람 자체에 대한 분노여서는 안 된다. 사람의 행위와 행위 뒤편에 있는 의도에 분노할 수는 있어도, 사람에 대한 연민은 가지고 있어야 한다. 그것이 순수한 분노다. 분노가 증오로 확장돼서는 안 된다. 분노가 오직 분노로만 존재하고 있어 마침내 분노가 해소되었을 때, 뒤끝이 남아있지 않아야 한다. 그것이 순수한 분노다.

살면서 여러 사람을 만났지만, 분노와 증오의 문제에 관해서 김어준만큼 '순수'한 사람을 보지 못했다. 그와 나는 이명박·박근혜 시대를 거쳐 이제는 윤석열 시대를 함께 살고 있다. 그동안 문재인 대통령의 5년을 제외하고는 영 마땅찮은 시절이 훨씬 많았다. 그런데도 그가 이러한 태도를 유지할 수 있는 이유는 아마도 기질 탓이 클 것이다.

김어준은 언뜻 대충대충 무심해 보이지만 매우 집요한 사람이다. 하지만 무언가를 제안했을 때 상대방의 거절 의사가 분명할 때는 '그럼 할 수 없지' 하며 넘기고 더는 이야기하지 않는다. 뒷담화는 물론 군말도 없다. 믿기 어렵겠지만 생각보다 막말도 쓰지 않는다. '씨바' 정도가 그의 막말 한계선이다. 요즘 그의 방송을 보면 '바보', '멍충이'를 즐겨 쓰는 것같다.

나와는 〈나는 꼼수다〉 콘서트 때부터 인연이었으니, 알고 지낸 지 십 년이 넘었다. 일이 있으면 밤낮 가리지 않고 연락을 주고받지만, 일이 없으면 몇 달씩 서로 연락하지 않는다. 나이는 나보다 네댓 살 위인데 별로 개의치 않는다. 처음 만날 때부터 지금까지 나를 '탁'이나 '자기'라 불렀고, 나는 그를 '김어준'이나 '총수'라고 부른다. 그러한 호칭과 관계에 대해서 단 한 번도 불편해하거나 불만을 이야기한 적도 없다. 한마디로 뒤끝이 없다. 그의 순수함은 이런 '뒤끝 없음'에서 기인한 것이 아닐까 싶다.

분노가 증오가 되기 딱 좋은 시대다. 모쪼록 그의 순수한 분노를 많이들 배웠으면 좋겠다.

나만의 우주를 찾아서

　　어렸을 때부터 별나다는 말을 들었다. 별난 기억의 시작은 중학교 3학년 때 처음으로 혼자 여행을 갔던 것부터다. 당시는 그 나이에 혼자 여행가는 일이 흔치 않았다. 가능하면 멀리, 남들이 잘 가지 않는 곳에 가보고 싶었다. 땅끝 해남과 거제도, 진도 등을 놓고 한참을 고민하다가 거제도로 여행을 떠났다.

　　거제도 해금강에 도착한 날, 바람이 불고 폭우가 내려 종일 젖은 채로 돌아다녔었다. 비 오는 해금강 앞에서 오랜 시간 바다를 바라보고 있던 기억이 떠오른다. 지금 생각해도 일찌감치 별났던 것 같다.

　　날이 저물고는 어느 민박에 들어갔는데 주인아주머니와 아저씨가 중학생이라고 밝힌 나를 의심의 눈초리로 쳐다보며 늦게까지 이것저것 꼬치꼬치 캐물었다. 처음 봤을 때 수배 중인 대학생인 줄 알고 경찰에 신고하려고 했었다는데, 함께한 저녁상을 물리고 나서야 두 분이 정말로 내가 중학생이라는 것을 알고 놀라시던 모습이 기억난다.

고등학교 시절은 내내 시를 쓰며 지냈다. 머릿속 생각을 글로 담아낼 수 있다는 것이 매력적이었다. 공부를 못했기 때문에 더욱 시 쓰기에 빠져든 면도 있다. 각종 백일장과 문예 작품 공모에서 상을 받을 때마다, 나는 어딘가 다르고 특별하다는 생각에 우쭐했다. '별나고 다른 것이 멋진 거야'라는 생각이 든 게 아마 이 시절부터 아니었을까 싶다.

음악을 찾아 듣기 시작한 것도 그때쯤이었다. 처음 샀던 레코드는 조지 마이클의 〈Faith〉였다. 아바의 레코드가 사고 싶어 레코드 가게에 들어갔는데, 너무 많은 앨범이 있어 뭘 사야 할지 몰라 망설이고 있었다. '아바보다는 조지 마이클'이 잘 팔린다는 레코드 가게 주인의 추천으로 사게 되었다. 음악에 대해 아는 것이 없었으니, 주로 누군가의 추천이나 읽고 있던 책에 언급된 음악을 찾아 들었다.

하지만 그것은 그리 좋은 감상법은 아니었다. 음악은 문학보다 훨씬 직관적이고 본능적이다. 책을 통해 음악을 듣는 것은 이미 한번 해석된 것을 바탕으로 감상하는 것이니, 아무래도 음악을 들을 때마다 음악 그 자체보다 책에 쓰인 감상을 느끼기 위해 노력해야 했다.

그러다가 김영동의 〈먼 길〉을 듣게 되었다. 국악이라는 낯선 장르에 대금이라는 낯선 악기로 연주된 〈먼 길〉은 애초에 관심을 가질 만한 음악은 아니었지만, 곡 중 내레이션에 좋아하는 시인의 시가 들어있어 카세트테이프를 사서 소니 워크맨으로 들었다. 그의 음악은 별나고 특별하고 매력적이었다. 묵직하면서도 애절한 대금 소리에 신시사이저, 기타, 여러 다른 국악기와 타악기 소리가 어우러져 있었다.

처음 듣는 음악이었다. 교회 누나를 그리워하며 듣던 이문세의 노래와는 완전히 다른 세계였고, 너나 할 것 없이 빠져있던 조지 윈스턴의 〈December〉에 비할 바가 아니었다. 그렇게 김영동의 〈먼 길〉을 시작으로 나는 내가 비트보다는 멜로디, 연주보다는 정서에 더 반응한다는 것을 알게 되었다. 이후 황병기의 음악과 김수철의 음악을 찾아 들었고, 팔레스트리나와 바흐의 클래식 음악에도 빠져들었다.

고등학교 2학년 때에는 수학여행을 가면서 김영동의 〈먼 길〉과 김수철의 〈황천길〉을 테이프로 챙겨 갔었다. 수학여행 가는 버스 안에서 기사님이 좋은 노래면 같이 듣자며 내가 듣던 테이프를 버스에서 틀었다.

"이거 노래가 왜 이렇게 무서워? 제목이 뭐야?"

"네, 〈먼 길〉입니다."

"……."

다시 테이프를 바꾸어 김수철의 음악을 틀고서는,

"아니 이건 더 이상하네. 이 노래는 제목이 뭐야?"

"〈황천길〉입니다."

"〈먼 길〉…… 〈황천길〉……."

마침 수학여행을 가는 버스는 위태위태한 한계령을 넘고 있었고, 기사님은 아무 말 없이 테이프를 돌려주었다.

아마 이때가 내 '취향'의 시작이었을 것이다. 명징한 이유는 없지만 끌리는 것, 자꾸 찾게 되는 것, 익숙한 것, 그래서 좋은 것. 그냥 내 것 같은 느낌과 처음 만났다. 한 사람의 취향은 곧 그 사람이다. 어떤 의도나 목적을 통해 자기 취향을 만들어 갈 수도 있겠지만 그보다는 어느 순간 우연히 마주하게 된 한 곡의 노래, 한 권의 책, 한 편의 영화를 통해서도 '개취(개인의 취향)'는 탄생한다.

뭔가 '다르다'는 평가를 받기 시작한 것은 대학에 들어가면서부터였다. 학력고사 점수가 아니라 배우고 싶은 스승을 찾아 대학에 간 것이 시작이었다. 다르게 생각하기 위해서는 다르게 행동해야 할 것 같아서, 서울역 노숙자들을 조사하는

리포트를 쓰기 위해 노숙을 해본다거나, 이별에 관한 시를 쓰기 위해 일부러 좋아하던 여자친구와 헤어지거나 하는 유치한 경험도 그때 일이었다. 대개는 치기 어린 행동이었다.

대학을 졸업하던 해에는 숙원이었던 문예 공모에 마지막으로 응모했었다. 내게는 그것이 졸업 시험 같은 것이었다. 살면서 해왔던 고민과 경험에 대한 나름의 결론들을 모아 여러 편의 글을 써 보냈는데, 당당히 낙선했다. 16년간의 학교생활을 마치며 아름다운 결말을 기대했었는데 서글픈 마무리였다. 별난 태도, 독특한 취향, 나만의 경험으로 매우 수준 높은 작품을 쓴 줄로 알았는데 전혀 아니었던 모양이다. 낙선 후 공모 심사 위원이었던 어느 시인이 내 작품에 관해 쓴 심사평을 읽게 되었다. 전문은 기억나지 않지만, 요지는 이러했다.

"탁현민의 시는 시의 형태를 갖추고 있다. 내용도 감상도 크게 막히는 부분이 없다. 그의 시를 읽다 보면 그의 생각과 감정이 그대로 그려지기도 한다. 그런데 왜 그럴듯한 그의 시가 오히려 그를 주저앉히는 것일까. 탁현민의 시는 한 편의 시가 갖추어야 할 우주가 없다. 시인은 저마다의 세계관으로 타인이나 다른 세계와 교신한다. 이때 자신만의 세계관, 자신만의 우주가 없다면 그것은 아무것도 아닌 것이 된다."

꼭 이루었으면 했던 성취는 바스러졌지만, 이 심사평은 내게 많은 영향을 주었다. 나만의 우주를 가지기 위해서는 자유롭게 사고하고 행동하는 것이 필요하다는 생각에 늘 '자유'를 어떻게 정의할 것인지도 고민했었다. 그러던 어느 날 '자유란 자기만의 이유'라는 해석을 듣게 되었다. 내가 찾던 말이었다. 자유를 남과 나의 관계에서 정의하는 것이 아니라, 나만의 이유를 가지는 것이라고 생각하면서 좀 더 자유로워질 수 있었다.

심사평을 읽은 지 십여 년이 지나 우연한 기회에 나는 그 시인과 가까워지게 되었다. 시인에게 편하게 말을 건넬 수 있게 되었을 무렵 심사평에 관한 일화를 시인에게 말했다. 덕분에 더는 글을 쓰지 못하게 되었다고 너스레를 떨었다. 시인은 몹시 미안해했다. 다시 응모하면 성의껏 읽겠노라 했지만, 나는 그럴 생각이 없다. 더는 시를 쓰지 않기 때문이지만 시인을 만날 때마다 이 이야기를 꺼내, "당신의 잔혹한 심사평으로 내 인생이 바뀌었다"며 공갈치는 재미가 쏠쏠하기 때문이다.

매번 그렇게 자해공갈(?)을 하지만 시인 덕분에 나는 나만의 우주가 꼭 시에만 있지 않다는 것을 깨달았다. 한 사람의 독자적인 세계관은 별난 성격과 '개취'로 완성되는 것이 아니라 다른 사람과의 관계에서 만들어진다는 것을 알게 되었다. 그래서 실은 늘 감사한 마음이다. 이제야 장난기 빼고 감사를 전한다.

고맙습니다. 안도현 선생님.

장르가 되다

연출하는 사람으로서 받았던 최고의 칭찬은 "이제 국가 행사는 하나의 장르가 되었다"는 말이었다. 문재인 정부 5년 동안 있었던 '국가기념식'에 대한 누군가의 평가였다. 새로운 형식을 만드는 것이 새로운 내용을 만드는 것보다 어려운 법이다. 그래서였을까. 나는 이 말을 들었을 때 지난 노력을 인정받았다고 느꼈다. 요식행위이자 의례에 불과했던 국가 행사가 기획의 의도와 연출로 평가받았다는 생각이 들었다.

국가 행사는 시기는 물론, 목적과 주제가 정해져 있다. 식순과 내용까지도 대통령령이나 법으로 규정되어 있다. 여기에 기획과 연출 의도를 심는 일은 쉽지 않았다. 의도와 의미가 언제나 정치적으로 해석되고 확대되거나 과장될 위험이

다분하니 굳이 그런 위험을 감수해야 할 일인지도 고민이 많았다.

일반적인 공연이나 행사에서 연출의 궁극적인 목표는 완벽한 재연이 아니라 새로운 상상력을 보여주는 일이다. 그러기 위해서는 먼저 기존 형식을 해체해야 한다. 해체 과정에서 과장하거나 생략하거나 상징하거나 은유하는 작업에 연출가 개인의 취향과 감정이 섞일 수도 있다. 그래서 개인의 예술적 성취를 목표로 하는 것이 아닌, 국가라는 공동체의 기념과 추념이 목적인 행사를 '연출'한다는 것이 과연 적절한가에 대해 갈등이 없지 않았다.

게다가 아무리 규모가 작은 국가 행사라고 할지라도 그것을 담당하는 주무 부처와 관계자들이 공무로써 전담하고 있었다. 그들이 그간 지켜온 전례와 관례를 엄숙히 요구할 때 그것을 대체할 논리를 만들고 설득할 이유를 찾는 작업이 연출 안을 만드는 것보다 더 힘겨운 일이기도 했다.

어느 해 광복절 행사에서 국기 게양 장면으로 국민의례를 시작하겠다는 연출안을 제안한 적이 있었다. 담당자들은 몹시 난망해하며 우리의 국민의례 원칙은 이미 게양된 국기에 경례하는 것이라는 규정을 들이밀었다. 그것은 담당자들이 반드시 원칙을 지키고 싶었다기보다는 이전처럼 하지 않았을 때, 어디선가 문제를 제기했을 때, 과연 누가 책임을 질 것인가의 문제이기도 했다. 그래서 연출 의도를 설명하는 것만큼, 그 책임을 면해줄 논리와 명분을 찾아주어야만 의도된 기획과 연출이 가능하기도 했다.

대부분의 국가기념식은 기획과 연출의 방향을 결정하기도 전에 이미 실무를 맡을 기획사들을 선정한다는 문제도 있었다. 국가 예산을 쓰는 일이기 때문에 '삼일절은 행안부', '현충일은 국가보훈처'와 같이 주무 부처에서는 대부분 공모 형식으로 기획사들을 지정한다. 그런데 각 부처에서 실무 기획사를 선정할 때 최종 연출의 책임자와 상의하거나 의사를 반영하는가 하면 전혀 그렇지 않다.

현행 제도에서 기획사를 선정할 때는 기획사의 행사 경험, 기획안, 최저가 응찰 여부 등으로 결정된다. 혹자는 이 과정이 공평하다고 생각할 수도 있다. 그러나 연출하는 입장에서 보면 어처구니없는 일이다. 제작사가 영화감독에게 좋은 영화를 부탁하면서 촬영감독 이하 모든 스태프를 지정해 주고 심지어 각본까지 정해주는 것과 같다. 이것은 작품을 기대한다기보다 제품을 만들어 내라는 것과 마찬가지다.

국가기념식 주관은 대통령이고 모든 국가기념식은 정부와 대통령이 국민에게 보내는 메시지를 담아내야 한다. 그런데 그것이 무엇인지 미리 알 도리가 없는 최저가 응찰 기획사의 계획으로 기념식을 만들라니 참 이상한 시스템이었다. 하지만 기획사는 언제나 사전에 선정되었고, 결국 모든 기획과 연출을 짧은 시간 안에 다시 만들어야 하는 것은 나의 역할이었다. 허덕이며 새 연출안과 기획안을 만들어 선정된 기획사에 제공하고, 그들을 스태프로 두고 행사를 연출해야 했다. 이런 과정은 5년 내내 반복되었다. 내겐 '연출'에 대한 책임만 있지 '권한'은 없었다.

그나마 다행이었던 것은 주무 부처가 청와대인 경우나 규모가 몇천만 원 미만인 소규모 행사, 그리고 보안을 유지해야 하는 해외 순방 행사에서는 선정 과정에서 의견을 낼 수 있었다. 덕분에 오랫동안 알고 지낸 신뢰할 수 있는 기획자를 선정할 수 있었고, 이들과 함께 어려운 조건에서도 완성도 높고 주목받는 행사를 만들 수 있었다.

하지만 나는 이 몇 차례의 '정상적인' 업무 처리 때문에 '가까운 지인에게 행사 기획을 몰아주었다'는 국민의힘 의원들과 일부 매체들의 공세에 지금까지도 시달리고 있다. 국가기념식 업무에 대한 몰이해거나 정략적인 의도가 담긴 공격이라 생각한다. 이 자들이 얼마나 약아빠졌는가 하면 이런 무책임한 의혹 제기를 언론 보도의 형태를 빌려 주장하거나 국회의원 면책특권 뒤에서만 한다는 것이다. 티끌만치 문제라도 있었으면 아마 내가 이렇게 한가롭게 원고나 쓰고 있지는 못할 것이다.

가장 최악은 언론이었다. 모든 국가기념식과 행사 때마다 흠잡으려고 달려드는 매체들이 있었다. 부분적인 사실이 총체적 진실로 둔갑하는 《조선일보》식 비약과 싸워야 했고, 생판 거짓말과도 싸워야 했다. 방역 수칙에 따라 유해를 싣고 온 비행기를 소독하기 위해 유해를 다른 비행기에 안치한 것조차 문제 삼기도 했다. 문재인 정부 행사 하나하나에 살인적인 디테일을 담아야 했던 이유가 실은 여기에 있었다.

어느 해 6·25 기념식에서는 도입부에서 새로 만든 애국가를 연주했는데, 그 도입부가 북한 애국가와 같다고 주장한 국민의힘 의원이 있었다. 당시 많은 매체가 그의 말을 보도하며 마치 우리 애국가를 북한 애국가로 바꾸어 연주했다는 식으로 이야기했다. 하지만 북한 애국가는 탈북 의원이나 아는 것이지 편곡자나 연주자들은 들어본 적도 없다. 한 팡파르 악절 내에 금관 '오스티나토(ostinato, 어떤 일정한 음형을 악곡 전체에 걸쳐 같은 성부에서 같은 음높이로 끊임없이 되풀이하는 것)'는 대부분 비슷하다는 전문가 평가가 나오고 나서야 잠잠해졌다.

같은 시기 국민의힘 지도부는 아예 북한 국기의 색깔과 구성까지 같은 목도리를 두르고 당내 행사에 나타나 북한의 국기를 둘렀다는 온라인 커뮤니티 상의 제보가 잇따랐으나, 보수 매체들은 그 사건을 그저 해프닝으로 취급하는 양가적인 태도를 보이기도 했다.

《조선일보》이하 보수 세력의 의도는 문재인 정부의 모든 행사와 국가기념식을 '쇼'라는 프레임에 가두려는 것이었다. 이런 프레임은 국민의힘 의원들과《조선일보》그리고 그의 친구들, 그들을 추종하는 일부 사람들의 공동 작품이었다. 그들은 5년 내내 집요했다.

지난 1년 동안 현직 대통령은 틈만 나면 실정을 치적으로 포장하고, 국가기념식에서는 갈등을 부추기고, 아예 예능에 출연하여 멀쩡한 방송 프로그램들을 비호감으로 만들고 있다. 그런 모습을 볼 때마다 문재인 정부 시절 국가기념식을 비평가 수준으로 해체 분석하던 그 많던 기자들과 정치인들은 지금 무슨 생각들을 하고 있는지 매우 궁금하다.

"국가기념식이 하나의 장르가 되었다"는 말은 다시 듣기 힘든 칭찬일 것이다. 지금 정부는 틈만 나면 이전 정부를 비난하면서도 이전에 만들어 놓은 형식과 내용을 어설프게 흉내 내고 있다. 그러나 세상에 처음보다 나은 두 번째는 없는 법이다. 시간이 지날수록 오리지널과 카피는 더욱 선명하게 비교될 것이다. 못내 아쉬운 것은 형식과 내용의 수준을 더욱 높여야 할 시기에 다시 주저앉은 국가기념식 연출에 속상할 때가 많다는 것이다. 어쩔 도리가 없어서 참 안타까울 뿐이다.

애국가에 대하여

　　김영삼 전 대통령은 대통령 취임 후 일본의 조선 총독부 건물이었던 중앙청을 철거했다. 중앙청을 철거하기 전 일본 정부는 자신들이 모든 비용을 부담할 테니, 건물을 해체하여 자신들에게 달라 요청했었다. 일본으로서는 소중한 역사 유산이었을 테니 그렇게 부탁했을 만하다. 하지만 김영삼 대통령은 일본의 요청을 묵살한 채 중앙청을 폭파해 버렸고 잔해 일부는 독립기념관에 전시했다.

　1995년 중앙청이 철거되었던 그해 대대적인 광복 50주년 기념행사가 열렸다. 그해 기념행사에 쓰였던 음악 중 하나는 고 남인수 씨의 〈감격시대〉였다. 사료에 따르면 남인수 씨는 1942년 〈강남의 나팔수〉를 비롯해 조선군보도부(朝鮮軍報道部)에서 지원병 제도를 선전하기 위해 1941년 제작한 영화

〈그대와 나(軍と僕)〉(감독 허영)의 주제가를 불렀던 가수였다.

행사가 끝난 후, 어떻게 친일 가수의 노래를 광복 50주년 행사에서 부를 수 있느냐는 문제 제기가 있었다. 부적절했다는 의견이 있었지만, 가수의 친일 행적과 노래는 분리해야 한다는 의견도 있었다. "거리는 부른다. 환희에 빛나는 숨 쉬는 거리다"로 시작하는 가사에 대한 해석도 분분했다. 식민 통치의 아름다움을 찬양한 노래라는 해석과 다가올 조국의 광복을 고대하는 노래라는 극단의 해석이 논쟁을 뜨겁게 했다.

오래된 일을 기억하는 이유는 2009년 한류 열풍이 한창이던 때 한국 연예인이 일본 방송에서 연주된 기미가요를 듣고 박수쳤던 일이 있었다. 많은 사람이 그를 비난했고, 결국 당사자는 기자회견을 열어 울면서 사과했다.

나는 그 사건과 관련한 기고 글을 쓸 때 광복 50주년 기념 행사 때 논란을 함께 언급했다. 연예인 한 사람이 일본 방송에서 타국 국가를 듣고 박수 몇 번 쳤다는 사실에는 이렇게 분노하면서, 정작 광복 경축 행사에서는 전 국민이 친일 행적이 분명한 가수의 노래를 듣고 있던 것일까 혼란스럽다고 썼었다.

삼일운동 100주년을 맞을 즈음 안익태가 작곡하고, 윤치호(또는 안창호)가 작사(추정)한 〈애국가〉에 대한 논쟁도 있었다. 대한민국의 국가(國歌)가 친일 인사의 작품으로 연주되고 있는 것이 적절한가 하는 문제 제기였다. 물론 우리가 지금 부르고 있는 애국가는 공식적으로 채택된 국가는 아니다. 애국가의 법률적 근거를 마련하지 않은 이유는, 이미 오랫동안 불렸고 그 역사성과 정통성이 인정되었기 때문이다.

일부 해외 국가(國家)는 법률적 근거를 가지고 국가(國歌)를 채택한다. 미국 국가로 알려진 〈별이 빛나는 깃발(The Star-Spangled Banner)〉의 경우 영국 노래 〈천상의 아나크레온에게(To Anacreon in Heaven)〉의 곡조에 맞춰 노래로 불리기 시작했다고 한다. 국가가 공식화된 것은 1916년 우드로 윌슨 대통령이 대통령령을 발표한 후의 일이며 1931년에 의회 승인을 받은 것으로 기록되어 있다.

영국 국가로 불리는 노래는 〈신이시여, 여왕(국왕) 폐하를 지켜 주소서(God Save the Queen 또는 God Save the King)'다. 이 노래는 영 연방의 여러 나라가 쓰고 있다. 뉴질랜드, 오스트레일리아, 자메이카, 캐나다, 투발루, 지브롤터 등에서는 국가가 아닌 왕실 찬가로 쓰인다. 2022년 엘리자베스 2세 여왕이 사망한 이후부터는 여왕(Queen)을 왕(King)으로 바꾸어 부른다고 한다. 흥미로운 점은 대부분의 국가(國歌)가 대통령이나 총리 등 국가수반이 국민과 제창하는 형태로 연주되지만, 영국에서는 여왕이나 왕이 국가를 부를 때 함께 부르지 않고 침묵한다는 사실이다.

영국 국가가 신에게 왕의 보호를 간구하는 내용을 담은 것에 반해 프랑스의 국가 〈마르세유의 노래(La Marseillaise)〉는 마르세유 의용군이 파리에 입성할 때 불렸던 군가로 알려져 있다. 혁명의 노래이며 호전적인 가사를 담고 있기도 하다.

스페인은 지난 250여 년간 국가에 가사가 없었다고 한다. 그래서 국제경기나 국제 행사 때 다른 나라 선수들은 국가를 따라 부르는데 스페인 선수들은 연주를 듣고만 있었다고 한다. 그래서였을까. 어느 해 스페인 올림픽위원회는 공모를 통해 국가로 사용되던 〈왕의 행진(Marcha Real)〉에 가사를 붙였고 국회의 심의와 인준을 거쳐 가사가 있는 국가가 만들었으나, 가사에 대한 부정적인 여론 때문에 결국에는 다시 폐기되었다고 한다.

우리나라는 '국민의례 규정'에 따라 애국가를 4절까지 또는 1절만 부를 수 있고, 약식으로 연주할 경우에는 1절 제창 대신 연주곡으로 대체할 수도 있다. 애국가는 제창이 원칙이지만 연주곡의 경우 게양된 태극기를 향해 손을 올리는 것으로 예를 표한다. 물론 이러한 규정은 애국가 연주에 관한 규정일 뿐 애국가 본질에 대한 것은 아니다.

애국가의 정체성과 본질에 대한 부분은 여전히 많은 논란에 쌓여있다. 그 중심에는 작곡가인 안익태가 있다. 안익태는 일본의 괴뢰국인 만주국 건국을 기념해 〈만주국 축전곡〉과 일본 황실을 찬미하는 〈에텐라쿠(越天樂)〉 같은 곡을 썼다. 또한 나치 치하 독일에서는 '일독회(日獨會, 일본과 독일의 동맹을 강화하기 위한 정치적 성격의 문화단체)'라는 단체에서 활동했다. 심지어 그가 쓴 〈한국 환상곡(코리아 판타지)〉은 〈교쿠토(극동)〉라는 작품을 개작한 것이거나 〈에덴라쿠〉일 가능성까지도 제기된 상태다. 이러한 안익태의 이력을 보면 그가 해방 이후 25년 만에 귀국하여 〈한국 환상곡〉을 연주했던 자리가 '이승만 대통령 탄신경축연주회'였다는 사실은 별 문제가 되지 않는다.

국가 행사에서 〈애국가〉를 연출할 때마다 고민이 많았다. 삼일절이나 광복절 같은 독립 기념행사에서 친일 작곡가로 추정되는 인물이 작곡한 〈애국가〉를 대통령과 독립 유공자 등 모든 행사 참석자가 한목소리로 힘차게 불러야 했기 때문이었다.

지난 5년간 여러 국가 행사에서는 애국가의 원형을 유지하며 개별 행사의 분위기에 맞도록 형식적인 변화를 주려고 노력했다. 예를 들어 애국가 선창자를 행사 취지에 부합하는 사람들로 선정하거나, 독립운동 당시에 쓰였던 태극기를 게양한 적도 있다. '국기에 대한 경례'에 비중을 두어 기타리스트 신대철 씨의 일렉트릭 기타 연주를 배경으로 국기를 게양한다거나, 광복군과 독립투사들이 불렀다던 〈올드 랭 사인(Auld Lang Syne)〉 곡조의 애국가를 연주하기도 했다. 하지만 이러한 연출적 시도들이 애국가에 대한 본질적인 고민을 해소해 줄 수는 없었다.

국가 기념행사에서, 적어도 삼일절과 광복절 같은 독립 기념행사에서는 친일 행적이 뚜렷한 사람들의 음악을 사용하는 것은 적절치 않다. 그러나 '친일 행적'만으로 기존에 불리던 노래를 어느 날 갑자기 법으로 금지하는 것도 좋은 방법은 아니다. 어떠한 사정에서라도 그동안 불려 온 노래를 강제로 금지하는 것은 살아있는 생명을 살처분하는 것과 크게 다르지 않다. 동물에 대한 살처분이 생명에 대한 예의가 아니듯이 불려 온 노래를 금지하는 것도 노래에 대한 예의가 아니다.

다만 국가가 음악을 공인하거나 어울리지 않는 자리에서 부르도록 강제하지는 말아야 한다. 그러나 이러한 견해는 〈애국가〉를 대체할 '곡'이 마땅치 않다는 현실을 떠올리면 몹시 혼란스러워진다. 일제강점기 음악인 중 많은 사람이 식민 통치에 부역했고, 기구했던 근현대를 거치면서 그들의 음악이 국가를 대표하는 노래로 자리 잡은 것이 현실이다. 친일 행적 인사들이 작곡·작사한 노래들을 모두 금지하면 〈애국가〉뿐 아니라, 〈고향의 봄〉 같은 동요를 포함해 여전히 불리는 수많은 노래가 사라질 것이다.

심지어 〈국립경찰가〉 같은 국가 주요 기관을 대표하는 노래 역시 친일 행적 가수가 불렀거나 작곡한 노래다. 이 모든 게 우리 근현대사의 그늘이다. 하지만 이러한 역사적 그늘은 우리 세대의 잘못은 아니다. 전적으로 이전 세대 업보다. 지난 일들을 왜곡했거나 외면했거나 숨겨왔던 선대의 무책임과 비겁함 때문이다.

덕분에 우리는 오랜 시간 무엇이 문제인지 모르고 지냈다. 이제야 밝혀지는 부분적 사실들과 진실 앞에 서게 된 것이다. 이제라도 우리는 모든 역사적 사실을 올바로 찾아내고 기록해야 한다. 작은 사실들조차 숨김없이 밝혀야 한다. 밝혀진 사실들을 숙고해 어떤 결정을 내릴 것인지는 다음 세대 몫으로 미룰지언정 진실을 찾아내 다음 세대에게 알려주어야 한다.

이것이 지금 우리가 할 수 있는 유일한 일이며 반드시 해야 할 일이다.

나의 피(被)고발사

2022년 5월 문재인 대통령 임기가 끝나고 바로 제주도로 내려왔다. 그해 여름부터 예정된 파리 프로젝트 시작 전에 최대한 열심히 놀아볼 요량이었다.

물론 여러 가지로 마음이 편하지는 않았다. 주어진 역할이 끝났다는 후련함 사이로 어떤 날은 상실감이 들었고, 어떤 날은 상실감이 분노가 되었다. 때로는 스스로에 대한 애잔함과 막연한 불안을 느끼면서 감정이 삐걱거리는 날이 많았다. 끝날 것 같지 않던 5년의 끝에서 회한이 없을 수 없었고, 시작부터 전 정부가 해왔던 모든 일에 어깃장을 놓는 새 정부의 모습에 심란하기도 했다. 또 앞으로는 어떤 시간이 닥쳐올지에 대한 불안도 있었다. 그래서였을까. 지난 기억을 하루 종일 되새기며 시간을 보내거나 새 정부의 미숙함을 공개적으로 질타하기도 했다.

그러던 어느 날 경찰서에서 전화가 왔다. 명예훼손 고발이 접수되었으니 조사받으러 오라는 전화였다. 내용을 들어보니 지금은 새로운 대통령 관저가 된 옛 외교부 장관 공관에 있는 '나무' 사건이었다. 청와대 관저를 외교부 장관 공관으로 옮기는 과정에서 김건희 여사가 공관에 있는 수령(樹齡)이 100년 정도 되는 나무 한 그루를 베어내려 한다는 말이 있었는데, 당시에 출연했던 방송 진행자가 나에게 그 사실을 알고 있느냐고 물었었다. 나는 다른 방송과 언론에서 그 이야기를 들은 적이 있다고 말했었다. 그때의 내 발언이 허위 사실이자 김건희 여사에 대한 명예훼손이라는 게 고발 요지였다.

제주도에서 마음을 추스르며 평화로운 시간을 보내고 싶었는데 굳이 시비를 걸어오니 피할 생각도 도리도 없었다. 시간을 내어 경찰서로 갔더니 담당 수사관이 사건과 관련한 여러 가지 질문들을 했고, 나도 건조하게 답을 했다. 여러 질문과 답변이 오갈수록 한 가지 의문이 떠올랐다. '자기들이 살 집(관저)에 들어가면서 어떤 이유가 있다면 나무 한 그루 정도는 베어낼 수도 있지 않을까?' 내가 베어내면 안 된다고 말한 것도 아닌데 왜 여기 앉아 이런 질문들을 받아야 하는지 싶었다. 그러다가 '대체 이 명예훼손은 과연 누구에 대한 명예훼손인가?' 하는 생각에 이르렀다.

"수사관님 근데 명예훼손을 당했다는 주체가 누구죠?"

"고발장에는 대통령직 인수위로 되어있네요."

"그래요? 제가 이해가 안 돼서 그러는데요. 제가 나무를 베면 안 된다고 한 것도 아니고, 나무를 베면 나쁜 사람이라고 한 것도 아니고, 아니 심지어는 나무를 벨지도 모른다는 그 말도 방송과 언론에서 먼저 나왔던 말인데, 그게 왜 김건희 씨의 명예를 훼손한 것이 되는 거죠?"

"……."

심지어 나는 필요하다면 나무를 베는 것도 가능하다는 말도 했다. 그러고는 이렇게 말했다.

"만약 김건희 씨의 명예를 훼손한 것이 아니라면, 혹시 베어질 수도 있다는 내 생각이 누군가의 명예를 훼손한 것이 된다면 그 누군가는…… 그럼 나무의 명예를 훼손한 것인가요?"

수사관은 웃지 않았고 나는 이 추궁에 진지해지기로 했다. 내겐 김건희 여사의 명예보다 나무의 명예가 더 중요하고, 만약 나무의 명예를 훼손한 것이라면 처벌받는다고 해도 변명의 여지가 없어 보였기 때문이다.

그때 변호사가 "나무는 고발장을 접수할 수 없습니다"라고 진지하게 말했고, 나는 고개를 끄덕였다. 그리고 다시는 이런 일로 경찰서에 오고 싶지 않았다. 하지만 그 일이 있고 나서 정확하게 1년 뒤(참 묘하기도 하다), 제주도에 있었는데 또 경찰서에서 전화가 왔다. 명예훼손에 대한 고발장이 접수되었으니 조사받으러 와야 한다는 것이었다. 경찰 조사가 매해 5월 경상 일정처럼 느껴졌다.

이번엔 윤석열 대통령에 대한 허위 사실 유포에 따른 명예훼손이었다. 고발 요지는 윤석열 대통령이 일장기에 경례했다는 나의 주장이 허위라는 것이었다. 이 사건은 당시 많은 매체가 다룬 논란이 있었던 일이었다. 나는 윤석열 대통령이 일본을 방문했을 때 의장대 사열을 하면서 일장기에 경례를 했다고 주장했다.

그동안 윤 대통령은 거의 모든 의전 행사에서 마음대로 행동했다. 〈애국가〉가 연주될 때 의례에 따라 경례를 해야 하는데 할 때도 있었고 안 할 때도 있었다. 상대국 국가가 연주될 때는 가만히 서 있는 것이 통례인데, 이때도 손을 올리기도 하고 안 올리기도 했다. 그 모습을 지적하자 상대 국가를 존중하는 마음에서 올렸다거나, 올리지 말라는 규정은 없다거나 하는 변명을 했다. 이러한 모습을 그저 해프닝으로 넘기기에는 지속적으로 반복되었고, 전직 의전비서관으로서 몹시 못마땅할 수밖에 없어 공개적으로 지적하곤 했다.

일본에서도 〈애국가〉에 손을 올리지 않았고, 뒤이어 태극기에 경례한 뒤 다시 일장기에 경례했다. 일본 의장대 사열 형식은 양국 정상이 각국 국가(國歌) 연주에 경의를 표한 뒤, 연주가 끝나면 사열을 받는다. 그때 양국 국기 앞에 잠시 멈춰서 각각 상대방 국기에 경례하는 것으로 진행되는 듯했다.

흔치 않은 형식이었다. 그러나 주최국이 정한 의례이니 따를 수는 있다. 하지만 이날 윤석열 대통령의 행동은 이상했다. 먼저 혼자 태극기에 경례를 했다. 옆에 서 있는 기시다 일본 총리는 그저 물끄러미 바라보고만 있었다. 이후 기시다 총리와 윤석열 대통령은 함께 양 국기에 경례를 했다. 양 정상이 상대방 국기에 한 번 경례한다는 일본의 의례와는 다른 연출이었다.

나는 이 장면을 본 그대로 페이스북에 썼다. 윤석열 대통령은 양국 국기 앞에 함께 서서 경례하는 것과 별도로 태극기 앞에서 혼자 가슴에 손 경례를 했다. 이때 기시다 총리는 가만히 서 있었다. 반대로 기시다 총리가 일본식으로 허리를 굽혀 경례할 때, 윤석열 대통령은 기시다 총리와 함께 허리 굽혀 경례했다. 그리고 윤석열 대통령이 일장기에 경례하는 방송 화면 일부를 게재했다. 윤석열 대통령이 아무리 생각이 없기로 태극기에 두 번이나 경례할 리가 없으니, 한 번은 일장기에 했다는 것이 내 주장이었다.

이에 대해 대통령실은 한 매체를 통해 이렇게 말했다. "방문국인 일본의 의전 프로토콜에 따른 것"이라며 "정상 환영 의장 행사 시 일본 측 관행은 의장대 사열 도중 양 정상이 잠시 서서 고개를 숙여 각기 상대방 국기에 대한 예를 표하는 것"이라고 했다. 이어 "윤 대통령은 이에 따라 기시다 총리와 함께 국기에 대한 예를 표했고, 이에 앞서 태극기 앞에서 가슴에 손을 얹어 정중한 예를 표한 것"이라고 설명했다.

앞뒤가 맞지 않는 해명이었다. 일본의 의전 관례를 따랐다지만 윤 대통령이 별도로 태극기에 경례한 것은 일본의 관례도 아니었고, 각기 상대방 국기에 예를 표했다는 말은 곧 기시다 총리는 태극기에, 윤석열 대통령은 일장기에 경례했다는 말과 다르지 않다. 윤석열 대통령이 일장기에 경례했다는 나의 주장과 하등 다를 바 없는 설명이었다. 게다가 이제껏 모든 정상이 일본의 관례대로 하지도 않았다는 사실에 대해서는 눙치고 넘어갔다.

한편 《조선일보》와 그의 친구들은 영악하게 나를 비난했다. '윤석열 대통령이 일장기에 경례했다'는 나의 주장이 생방송 된 영상과 대통령실 설명에 부합할 수밖에 없으니, 슬그머니 윤석열 대통령이 일장기에'만' 경례했다고 쓴 것처럼 거짓말하기 시작했다. 이어 모든 언론에 생방송 된 화면(윤 대통령이 일장기에 고개 숙이고 있는 장면)을 마치 내가 조작한 것처럼 몰아갔다.

그러한 의도적인 가짜 뉴스 만들기에 동조하는 사람들은 페이스북 본사에 '윤석열 경례 사진'을 신고하여 '일부 오도될 수 있거나 잘못된 정보가 포함된 사진'으로 만드는 능력을 보여주었다. 그리고 나의 주장과 내가 인용한 사진이 가짜 뉴스인 것처럼 다시 보도했다. 그리고 이어지는 명예훼손 고발까지. 짜임새 있었다.

윤석열 정부의 대일 정책은 굴욕적이고 치명적인 결과를 낳을 것이다. 시간이 지날수록 그 폐해는 지속적이고 구체적으로 나타날 것이다. 이러한 정책적 평가는 잠시 밀쳐두고 단지 전직 의전비서관으로서만 봐도 윤석열 대통령이 일본 방문에서 보여준 여러 장면은 최악의 연출이었다.

윤 대통령의 일본 방문은 실무 방문이었다. 굳이 의장대 사열 같은 의전을 받지 않아도 이상할 것이 없었다. 특히나 국민의 반감이 적지 않은 상황에서 일본 방문을 그래도 해야만 했다면 먼저 회담을 통해 납득할 만한 성과를 만들어야 했다. 하지만 일본의 의전에 따르거나 대접받는 모습들을 연출해서는 안 되었다. 먼저 성과를 내어놓고 그 성과의 보조적 장치로서 예우와 대접받는 모습을 보였어야 국민의 이해와 국가의 자존심을 구할 수 있었을 것이다.

일본의 관례인 '상대국 국기에 대한 경례' 역시 사전에 협의했을 텐데, 모든 나라가 그렇게 한 것은 아니라는 사실은 왜 확인하지 않았을까 싶다. 가장 나은 것은 아예 의장대 사열을 하지 않는 것이지만, 굳이 한다고 해도 사전에 형식의 수정을 요구하거나 일본 측이 수정 요구를 받아들이지 않으면, 윤 대통령 혼자서 태극기에 경례하는 돌발 행동은 하지 않고 제대로 된 형식에 따랐어야 했다. 그도 아니면 미리 기자들과 국민들이 오해하지 않도록 의례 과정을 설명했으면 될 일이었다. 이런 노력을 하나도 하지 않고 대통령 멋대로 행동했으니, 나중에 해명을 늘어놓기 바쁜 것이다.

여하튼 나는 또다시 경찰 조사를 받기 위해 서울로 올라갔다. 이번에도 해외 프로젝트를 목전에 둔 시점이라는 것이 몹시 공교로웠고, 윤석열 대통령이 일장기에 경례했다는 것이 도대체 누구의 명예를 훼손했다는 것인지 의문이었다. 조사를 담당한 수사관이 신상을 물었다.

"직업은요?"

"……."

"직업이 없으세요?"

나는 잠시 주저하다가 대답했다.

"글쎄요. 가끔 배도 타고 고기도 잡고 뭐 글도 쓰고……."

그 대목에서 수사관은 한참을 망설이다가 다시 물었다.

"생활 수준은요? 상, 중, 하로 나누자면?"

"네. '하'입니다. 정서적으로는……."

경찰 조사는 20여 분 걸렸던 것 같다. 옆에 있던 변호사는 "이럴 거면 왜 부른 건지 모르겠네요"라며 툴툴거렸고, 나는 '내 생활 수준이 상, 중, 하 중에 하가 맞을까?' 하는 생각에 잠겨있었다. 일본에 방문한 대통령이 일장기에 경례했다는 눈에 보이는 사실을 이야기한 것이 명예훼손이라면, 아마 이번에는 태극기의 명예를 훼손했다는 것인지도 모르겠다고 생각했다.

그저 나무와 태극기에 아주 미안하다.

어느 날 부고 앞에서

—김형석 형에게

형석이 형 아버지 부고를 받았습니다. 올겨울에는 유난히 많은 부고를 받습니다.

이상한 일은 아닙니다. 이제 나도 그러한 나이가 되었기 때문입니다.

우리 아버지들의 생이 그리 많이 남지 않았고, 우리의 생도 노력하지 않으면 언제 무너져도 이상하지 않은 나이가 되었습니다. 더욱 남 일 같지 않습니다.

형이 남 같지 않기도 하고 내가 곧 맞닥뜨리게 될 일이기 때문일 겁니다.

부고를 앞에 두고, 한참을 생각합니다.

모바일로 날아온 부고장에는 형의 돌아가신 아버지 함자

와 나이가 적혀 있었습니다. 배우자, 아들과 딸, 며느리, 사위와 손녀들의 이름이 적혀 있었습니다.

부고와 별도로 보내온 문자메시지에는 일일이 연락드리지 못한다는 간략한 양해의 말씀과 마지막으로 머무실 장례식장과 발인 날짜가 이어져 있었습니다.

나는 그 이름들 앞에서 잠시 생각했습니다.

고인의 이름 아래 쓰여있는 식구들의 이름들을 보면서 비록 한 번도 뵙지는 못했지만 생각했습니다.

아! 형 아버지의 생애는 결국 가족이었구나.

한 사람의 삶은 자신의 노력, 성취, 이력이라 생각하고 있었는데, 전해진 부고의 가장 첫 줄에는 가족이 있었습니다.

사람은 죽어 이름만 남기는 것이 아니라, 죽음 뒤에 그 가족을 남기는 것이었습니다.

저는 이 사실 앞에서 잠시 숙연해졌습니다.

고인의 이름 아래 쓰인 이름들보다 더 확실하게 그 사람의 삶을 서술할 수 있는 다른 무엇이 있을까요.

누구의 자식이며, 누구의 형제이고, 누구의 아버지라는 소개가 단지 오래된 사극의 대사로만 남아있는 시대입니다.

하지만 이러한 소개가 여전히 한 사람의 죽음을 전하며 가장 분명하게 고인을 알려주는 설명이 된다는 것은 우리 모두 온전히 혼자로 태어날 수도, 살아갈 수도, 죽어갈 수도 없다는 것을 깨닫게 합니다.

"나무의 꿈은 한 그루의 낙락장송이 되는 것이 아니라 함께 모여 숲을 이루는 것"이라는 말이 새삼 떠올랐습니다.

사람의 생애도 그와 다르지 않을 것입니다. 혼자서 할 수 있는 것은 생각보다 많지 않고 엄밀한 의미에서 사람은 혼자일 수 없기 때문입니다.

살면서 겪는 모든 괴로움조차도 닥쳐온 고통의 크기 때문이 아니라, 그 고난을 혼자 겪어 내야 한다는 외로움, 혼자라는 외로움 때문이라는 말도 기억났습니다.

'삶'은 사람의 준말이라고 합니다.

'삶'이란 단어에는 결국 사람을 만나고 사람과 사람이 인연으로 엮이며 한 생애를 만들어 가는 것이라는 통찰이 담겨 있다고 생각합니다.

어떤 위대한 역사도 사람과 사람의 관계 속에서 만들어지지 않은 것이 없습니다.

그렇게 어느 날 전해진 부고 앞에서 나는 돌아가신 분과 남겨진 가족과 결코 혼자일 수 없는 내 삶에 대해 오랫동안 골똘했습니다.

형석이 형,

형에게 위로를 전합니다. 그리고 잊지 말아요
형 아버지의 가장 찬란한 유산은 형이었습니다.
다시 한번 고인의 명복을 빕니다.

길이 끝나자 여행이 시작되었다

　　내 삶의 질곡은 정치인이 아님에도 현실 정치와 개인의 삶이 나란히 놓인 것이었다.

　해거름에 한림항으로 산책하러 나가서 방파제 끝에 앉아 비양도를 볼 때면 어쩌다가 너는 홀로 섬이 되었고, 나는 이렇게 되었을까 싶다. 따지고 보면 정치색이 없는 편에 가까웠는데, 어느 순간 몇몇 사람들을 만나고, 몇몇 사건을 겪고, 몇몇 결심을 하다 보니 흐르는 세월과 함께 지금의 내가 되었다. 간혹 이전부터 어떤 대단한 결심과 용기가 있어서, 이를테면 '세상을 바꾸겠다'는 의도 같은 것이 있어 용맹정진한 것으로 오해하는 분들도 있다. 하지만 의도한 대로 하나도 되지 않는 것이 인생이었고, 지금의 내 인생도 결코 내 의도가 아니었다.

굳이 따져보자면 문재인의 《운명》 북콘서트, 〈나는 꼼수다〉 토크콘서트, 방송 3사 파업 콘서트, 4대강 반대 콘서트와 같은 행사를 연출하면서 '우리 시대가 그리워하는 것을 정직하게 드러내야겠다'고 마음먹었던 것 정도가 결심의 전부였다. 그동안 현실을 있는 그대로 드러내는 것이 아름다운 것이고, 숨김없이 표현하는 것이 연출가의 사명이라 생각해왔다. 시간이 흐르면서 이 사명은 신념이 되었고 언제부턴가 신념에 연출을 결합하게 되었다. 영상, 음악, 무대, 장치 등 모든 것에 그리했다.

오랫동안 나의 공연과 행사는 분노하고 증오하고 폭발하며 엉기고 물고 악을 쓰다가 각성하고 일어나 싸우자는 작업이었다. 그러한 과정을 거치며 결국 어느 한 편에 서게 되었고, 특정 정파로 간주되었다. 그러나 연출하는 사람이 정치적으로 특정 편에 규정되는 것은 그리 똑똑한 선택이 아니었다. 연출가뿐 아니라 그 누구라도 특정 정파의 인물로 규정되는 것은 개인적으로 손해가 막심한 일이다. 그렇게 규정되는 순간 자신의 성취를 인정받기 전 이미 정치적 입장으로 호, 불호가 갈리게 된다. 어떤 노력에도 존재 자체를 미워하는 사람이 절반이 된다. 일을 잘할수록, 세상에 알려질수록 긍정만큼 부정도 더해간다.

지난 시절을 돌아보는 대목에 설 때면 '연출에 있어 중요한 것은 모호성이다'라는 말에 슬며시 고개를 끄덕이곤 한다. 한때 그러한 연출관을 비겁한 변명이라고 생각했던 적도 있다. 하지만 지금은 그것이 매우 영리한 태도라 생각한다. 연출에 있어 모호성이 중요하다는 말은 '연출 의도를 삭제하고 삭제된 의도의 자리에 관객, 독자, 청자의 감정만을 남겨 각자의 추억과 감상으로 빈자리를 채워야 한다'는 의미라고 생각하면서부터다.

　'연출의 모호성'은 오래전 요한 제바스티안 바흐가 "창작을 하고 거기서 벗어나야 한다"고 말한 것과도 같은 맥락이다. 직관적이고 분명한 '의도'가 삭제되어도 사람들은 감상을 통해 메시지를 읽어낸다는 것을 나는 뒤늦게 알게 되었다. "좋은 작품은 끝을 맺은 뒤에도 살아 움직인다"는 엔니오 모리코네의 말을 좀 더 일찍 만났더라면 싶다.

　연출가인 내가 많이 받았거나 여전히 받고 있는 대부분의 비난은 사람들을 선동한다는 것이었다. 그런 말을 들을 때마다 부끄럽다. 누군가를 선동해서가 아니라 선동에 성공한 적이 없어서다. 올해 열다섯 살인 아들조차도 내 말을 전혀 듣지 않는다.

　사실 그런 비난은 내 전직 상사를 정치적으로 공격하기 위한 전초 같은 것이어서 그냥 듣고 말아도 무방한 일이다. 하지만 가끔은 정말로 그렇다고 생각하는 사람들도 보인다. 그러나 사람들은 스스로 설득되지 않는 한 여간해서는 다른 사람에 의해 설득되지 않는다. 나는 나를 비난하는 사람들이 그것을 모를 리 없다고 확신한다.

요즘은 많은 시간을 들여 지난 시간을 회고하는 중이다. 1년 내내 생각을 하다보니 정치적이고 문제적인 연출가로 보낸 앞선 10년이, 지난 5년여간 해왔던 국가기념식 연출의 토대가 되었구나 싶어졌다. 지난 5년 또한 나를 다음 세월로 인도할 길일 수 있겠구나 싶기도 하다.

얼마 전에는 《열하일기》를 다시 읽다가, "길이 끝나자 여행이 시작되었다"는 문장에서 한참을 멈추었다. 내 지난날들이 나의 의도를 따르지 않았으니, 삶은 정처(定處)가 없고 매 순간 새롭고 매 순간 낯선 일들의 연속이었다. 그렇게 매번 마주하는 새로운 날들 앞에서 이제 앞으로는 좀 현명하게 살 수 있을까.

'사이'란 무엇인가. 두 견해 사이의 중간이나 평균을 뜻하는 건 결코 아니다. 양변의 절충이나 타협으로는 결코 새 길이 열리지 않는다. 이것과 저것, 그 양변을 떠난 제3의

경로라 할 수 있다. 거기에는 어떤 방향도, 목적도 없다. 그
것은 삶의 구체적인 장면 속에서 매 순간 새롭게 구성되어
야 한다.*

삶의 여정은 어떤 방향도 목적도 없다. 다만 살아가는 구
체적인 장면 속에서 매 순간 새롭게 구성되어야 한다고 읽었
는데, 앞으로는 더욱 구체적으로 더 새롭게 다음날들을 살아
가야 할 것 같다.

막다른 길에서, 새로운 여행의 시작에서부터.

* 박지원 지음, 고미숙 등 3인 옮김, 《열하일기 上》, 북드라망, 2013.

절망에 관한 이야기와 좌절에 대한 고백이 무슨 소용이냐고 묻는 사람들이 있다.

소용없다, 쓸모없고, 쓸데없다. 나도 그걸 모르지 않는다.

그럼에도 묶어 책으로 내는 이유는 하나다.

좌절과 절망, 의심과 회의가 나침을 떨게 만드는 것은 아닐까 싶다.

덕분에 나침은 고정되지 않으며, 여전히 정확한 방향을 일러주는

그런 역할을 하지 않을까 싶은 생각.

그러니 나는 이제 흔들릴 때 흔들리겠다.

2부   흔들리며 흔들거리며

2부는 저자가 2013년부터 2014년까지 쓴 글들을 모은 책
《흔들리며 흔들거리며》의 글 일부를 선별해 수록한 것이다.

파리에서의 어떤 하루

　　뒤척이다 일어나면 오늘도 거짓말처럼 오전 11시. 전날 사다 놓은 크루아상을 쿠스미 티와 함께 먹으면 11시 20분. 얼마 남지 않은 담배를 한 대 피우고, 이를 닦고, 욕조에 물을 받아 들어간다. 밤새 웅크린 몸을 뜨거운 물 속에서 잠시 쭉 펴주면 11시 50분. 옷을 갈아입고 밖으로 나가면 시간은 정확히 12시. 밖에 나가면 일단 커피를 마시기 위해 집 바로 옆에 붙어 있는 카페 로얄로 들어가 바에서 에스프레소 한 잔을 주문한다. 바에 기대 마시면 1.1유로, 테이블에 앉으면 2.2유로. 아마도 파리에서 가장 헐한 가격으로 누리는 행복일 것이다.

　"엉 카페?" 주문을 받는 카페 주인의 심드렁한 목소리. '치익, 치익' 증기를 뽑아내고 포타필터를 잡아 돌리면 거짓말처럼 진한 향과 함께 만들어지는 에스프레소 한 잔. 나는 만지작거리던 1유로짜리 동전 하나와 10센트짜리 동전 하나를 바 테이블 위에 얌전히 올려놓고 커피를 받아 나온다.

그리곤 걷는다. 날씨가 좋으면 퐁네프까지 걸어간 후 다리를 건너지 않고 센 강을 따라 그랑팔레까지 걷고, 거기서 알렉상드르 3세 다리를 건너 센 강을 따라 다시 퐁네프까지 걷는다. 1월 그리고 2월, 운 좋게 해가 나면 오래된 도시 곳곳에서 반짝이며 부서지는 햇살을 볼 수 있다. 운 나쁘게 비가 오면 걷는 내내 오랫동안 질척거리는 생각들에 젖어 마음이 무거워지기도 한다. 나는 주로 운이 나빴고, 아주 가끔 좋았다.

강가를 걸을 때는 두리번거리지 않아도 된다. 그냥 강이 흐르는 방향을 따라 걷거나 강을 거슬러 오르기만 하면 된다. 길을 잘못 들까 염려하지 않아도 되고, 때로는 잠시 멈춰도 좋다. 몸이 멈춰도 생각은 강을 따라 흘러간다. 그래서일까. 강의 하류에 서면 간혹 몸보다 먼저 떠내려온 생각들을 만나기도 한다. 아니, 정태춘의 노래처럼 '강물 위로는 강물이 흐르지만 내 마음속에 내가 서로 굽이치며 흘러가는 모습'과 만나게 된다.

어쨌거나 산책에서 만나는 강은 이편 끝에서 저편 끝이 보여서 좋다. 마음만 먹으면 이쪽에서 저쪽으로 건너갈 수 있어서도 좋다. 뭔가 끝이 보이는 것, 그래서 예상할 수 있다는 것, 무슨 일이 벌어지는지 안다는 것이 마음을 한결 편하게 만들어 준다. 강 건너의 사람들이 비록 나와 반대 방향으로 가고 있더라고 그게 이상하거나 달라 보이지 않는다.

강을 걷지 않을 때는 골목을 걷는다. 골목은, 우연과 필연이 만들어 낸 작품이다. 도시가 그 도시 사람들과 오랫동안 함께 만들어 낸 공공연한 비밀이다. 그래서 골목은 대개 은밀하고 서늘하다. 골목을 걸을 때면 이따금 목덜미가 뻐근해지기도 하고 소름이 돋기도 한다. 하지만 그 서늘함으로 골목 산책이 흥미로워지기도 한다.

특히나 골목 구석구석에서 만나는 매력적인 상점들은 늘 나를 구석으로 이끌었다. 대로변 상점이 삐까번쩍, 으리으리 허세 가득한 모양새라면, 깊은 골목 안 가게들은 솔직하고 담백하다고나 할까. 때로는 물건을 파는 것이 아니라 세월을 팔기도 하고, 어떤 상점은 아무것도 팔고 싶지 않다는 듯 심드렁한 모습이기도 하다. 나는 그 가게들을 오랫동안 기웃거린다. 그곳의 물건들만큼이나 그럴듯한 사연이 있지 않나 궁금해진다.

골목을 나서면 필경 공원에 들어서게 된다. 파리가 '보행자 천국'인 까닭은 목이 마르거나 배가 고프다 싶어지면 카폐와 만나게 되어 있고, 다리가 아프기 시작하면 반드시 공원이 나타나기 때문이다. 분수와 조각이 가득한 화려한 왕실 공원도 있고 도무지 알 수 없는 흉상과 조그마한 미끄럼틀이 고작인 소박한 시민들의 공원도 있다. 어느 공원이든 앉을 수 있는 의자들은 충분하고 오랫동안 앉아있어도 엉덩이가 아프지 않다. 파리의 공원은 그것만으로도 충분히 또 하나의 파리다.

나는 여러 날 거기서 해 저무는 시간을 보냈다. 해가 떨어지면서 동시에 찾아오는 어둠도 보았다. 그러나 해가 뜨고, 해가 진다고 해서 하루가 가는 것은 아니었다. 생각이 그대로인 날의 하루는 날이 밝거나 혹은 해가 지거나와 상관없이 며칠이 하루처럼 가고, 하루가 며칠로 이어지는 경우도 많았다. 그런 날들은 아무리 늦게 집에 들어가 잠자리에 들어도 뒤척인다.

그리고 일어나면 다시 어김없이 오전 11시. 어제 사다 놓은 크루아상을 쿠스미 티와 함께 먹으면서 오늘이 오늘인가, 아니면 어제인가, 혹은 내일인가 오랫동안 생각해야 했다.

100유로

　　파리를 떠나기 1주일쯤 전이었다. 뉴욕을 거쳐 파리까지 석 달이 넘는 긴 여행이었다. 파리에서 마지막 남은 시간을 지난 3년간 함께 일했던 조연출들과 보내기로 마음먹었다. 남은 돈을 털어 그들을 파리로 불렀고, 공항에서 시내로 들어오는 공항버스 정류장으로 마중을 가는 길이었다.

　그날도 여행 중 여느 날과 다를 바 없어 백만 가지 고민에 뒤척이다가 새벽녘에 잠이 들었다. 백만 가지 고민은 실상 하나이기도 했다. 절망감, 그것은 지난 몇 달 내내 성실하게 나를 찾아와 참으로 근면하게 불면으로 이끌었다. 그러면 매일 밤, '빵셔틀'하는 아이처럼 훌쩍거리며 밤새 답도 없는 걱정을 하며 잠들지 못했다.

　고민은 깊었지만 감당할 수 없는 절망 앞에서 선택할 수 있는 것은 그리 많지 않았다. 절망하거나, 혹은 피하거나. 그래서였을까. 여행 내내 이 감당할 수 없는 절망을 내 머릿속 깊은 곳에 우물을 파고 거기에 묻었다고 상상했다. 그러나 우물 속 깊은 곳에 유폐된 그것들은 날마다 조금씩 흘러나와 나를 불면으로 몰아넣었고, 그러다 기어이 잠이 들면 여간해선 깨어나기 어려운 시간이 반복 또 반복되고 있었다.

나의 절망과 고민이 무엇이었는지는 아직도 이야기하고 싶지 않다. 그건 《해리포터》의 볼드모트처럼 입 밖으로 소리를 내지르는 순간 더 큰 저주가 내려질 것만 같은 두려움이 있기 때문이다. 그리고 그걸 내뱉음으로써 다시 귀로, 혹은 눈으로, 혹은 생각으로 되받아야 하는 것조차 여전히 힘에 부치기 때문이다.

여하튼, 여행 내내 그런 기분이었다. 그래서 일상을 단순화하되 몸을 피곤하게 하고 늘 좋은 기분인 척 연기를 하곤 했다. 물론 이 연기는 누군가를 속이기 위해서가 아니라 나를 속이기 위해서였다. 게다가 혼자 하는 여행이란, 아무리 고민 없는 여행일지라도 2주 정도가 넘어가면 어느 순간 혼잣말을 하게 되고, 더 지나면 그 혼잣말에 대꾸하게 되고, 좀 더 지나면 혼잣말과 대꾸에 귀를 기울이며 어느 한쪽 편을 들게 되는 상당히 심각한 분열을 경험했던 터라 하루의 목표는 '말할 기운도 없이 몸을 혹사하되 다음 날도 버틸 수 있을 정도'에 늘 맞추어져 있었다.

그날도 크게 다름없이 점심 때쯤 일어나 이틀 전에 사다 놓은 마른 크루아상을 전자레인지에 돌려 체리 잼을 발라 먹고, 집 앞 카페에 들러 에스프레소 한 잔을 마시고, 루브르를 옆구리에 끼고 걸었다.

센 강 우안에서 좌안으로 퐁데자르를 건널 때는 수없이 걸려 있는 '사랑의 자물쇠'들을 바라보며 다리를 건넜다. 이곳을 지날 때마다 느끼는 것은, 사실 이 자물쇠들이 그 임자들에게는 각별하고 소중하겠지만 어쩐지 흉물스러워 보인다는 것이다. 사랑은 당자(當者)가 아닌 삼자(三者)가 볼 때 다소 그런 면이 있다. 좀 지겹고, 짜증 나고, 징그럽고, 아니 징글징글하고, 때로는 지독해 보인다.

다리를 건너 생제르맹을 향해 걸었다. 파리의 좁은 골목길은 혼자 걷기도 비좁은 경우가 많아서인지 어깨가 부딪혀도, 서로 조금씩 치고 다녀도 뉴욕처럼 미안해하지 않아도 된다. 뭐 서로 "미안합니다" 하지도 않고 오히려 서로 부딪히면 '길 탓이잖아요, 어쩌겠어요' 하는 표정으로 쓱 훑고 지나가면 그만이다. 여하튼 그렇게 생제르맹을 향해 걷던 길이 어디서부터 꼬였는지 소르본 대학 앞으로, 때로는 당황스럽게도 다시 센 강 좌안이 나타나기도 하는데, 그건 사실 방향 없이 걷다 보면 늘 생기는 일이라 보름쯤 지나니 익숙해진 일이기도 했다.

그렇게 아침 먹고 배가 고플 때까지 걷고, 배가 고프면 가까운 카페에서 햄버거를 시켜 먹고 다시 에스프레소를 진하게 한 잔 마시고, 다시 밤이 올 때까지 걸었다.

밤이 왔다. 날마다 밤이 왔다. 잊지도 않고 찾아오는 밤에 때로는 슬펐고, 때로는 다행이었고, 때로는 무서웠다. 슬픔은 어쩌지도 못하고 하루가 갔기 때문이고, 다행인 것은 하루가 감으로써 절망에서 조금이라도 멀어졌구나 싶었고, 무서운 까닭은 다시 날이 맑으면 내게 아무 계획도 없는 하루가 통째로 던져질 것이기 때문이었다.

하지만 그날(조연출들이 오기로 한 날)은 어둠이 내리면서 약간 흥분도 되고, 기쁘기도 하고 기분이 좋았다. 그건 아는 사람을 만나게 될 것이기 때문이기도 했지만, 그보다는 저녁에 할 일이 생겼고 약속이 있다는 것 때문이었다. 고백하자면 지난 석 달 동안 가장 큰 소원은 '뭔가 하는 것'이었다.

설거지를 하고, 집 청소를 하고, 시트를 갈고, 말린 수건을 접어 게스트 침대에 올려놓고는 다시 집을 나왔다. 그들은 루아시 버스(공항버스)를 타고 오기로 했기 때문에 이번에는 팔레 루아얄을 가로질러 오페라 가르니에 방향으로 걸었다. 요 며칠은 날이 좀 풀렸는데 밤이 되니 다시 싸해지는 게 으슬으슬 추운 날씨였다. 그러고 보니 파리는 습도가 높아서인지(진짜로 높은지는 모르겠고) 온도는 그리 낮지 않은데 괜히 춥다. 오페라 대로를 가능한 한 천천히 걸었다. 가끔 들르던 로열오페라 카페와 내가 좋아하는 쿠스미 티 가게를 지나 보스 매장을 끼고 오른쪽으로 정말 천천히, 아주 천천히 걸었는데도 버스가 도착할 시간보다 한 시간이나 일찍 도착했다. 게다가 오는 길에 받은 문자는 "버스를 좀 늦게 타니 천천히 나오세요"였다.

낮에 에스프레소를 진하게 석 잔이나 마셨기 때문에 카페에서 커피를 또 마시기도 뭣하고, 이미 어둑해져 가게들은 문을 내리기 시작했기에 어디 들어가 구경하기도 뭣하고, 도착한 사람들과 함께 밥을 먹을 계획이었기 때문에 혼자 밥을 먹기도 뭣하고 해서 그냥 버스 정류장에서 기다리기로 하고는 콜 포터의 노래를 듣기 시작했다. 얼마 전에 보았던 우디 앨런의 영화 〈미드나잇 인 파리〉 덕분에 콜 포터를 제대로 듣기 시작했다. 그중에서도 콜 포터와 조지 거슈윈의 〈The Great Melodies〉 앨범을 들었다. 콜 포터의 히트 넘버를 조지 거슈윈이 편곡한 연주곡이었다.

〈An American in Paris〉, 〈Let's do it〉, 〈So in love〉를 반복해서 들으며 파리에서 있었던 그 어떤 시간보다 즐거웠다. 누군가가 나를 만나러 오고 있고, 그들과 같이 시간을 보낼 수 있고, 이곳은 파리고, 뭔가 잘될 것 같은 기분마저 들었다. 그 밤은 무섭지도, 두렵지도, 슬프지도 않았다. 그렇게 한껏 좋아진 기분으로 까불거리며 서 있는데, 저만치에서 어떤 한인 아주머니 한 분이 슬쩍슬쩍 나를 쳐다보는 게 느껴졌다.

파리에서 누가 날 알아보는 것이 무척 불편하고 또 부끄러웠던 기억이 하나 있었다. 파리에 도착한 다음 날, 생각보다 추운 날씨에 아무래도 두꺼운 점퍼 하나 있어야 할 것 같아 라파예트 백화점에 갔었다. 이왕 사는 거면 좀 비싸더라도 괜찮은 것을 사야겠다는 욕심에 몽클레르 매장을 기웃대고 있었는데, 그때도 어떤 한인 아주머니 한 분이 슬쩍슬쩍 나를 쳐다보다가 대뜸 "괜찮으세요?"라고 물었다. 나는 그 말을 맘에 드는 옷이 있느냐는 말로 알아듣고는 "사이즈가 없네요"라고 대답하고 나서 매장을 나왔는데, 나중에야 질문의 의미를 깨달았다(심지어 그 아주머니는 매장 직원도 아니었다).

여하튼 약간의 불안감을 느끼며 버스 정류장에서 서성이

130

는데, 급기야 그 아주머니가 내게 다가와 나를 쳐다보며 뭔가를 말했다. 반사적으로 이어폰을 빼고 "네?" 하고 되묻자 아주머니는,

"맞죠? 오셨다는 말씀은 들었어요. 다른 분들도 잘 계시나요?"

"아, 네. 잘들 있어요. 감사합니다."

"어쩌죠, 다들. 참 걱정이에요."

"네. 뭐, 잘 되겠죠."

"여기 사는 사람들도 많이 힘들어해요."

"네. 다들 그러시겠죠. 하하."

그쯤에서 이어폰을 다시 끼고 조금 물러섰다. 정말이지 이런 이야기를 나누는 것 자체가 너무 싫었다. 아주머니 역시 누군가를 기다리는 모양이었다. 저만치로 가서는 공항에서 오는 버스를 기다리는 듯했다. '다행이야. 이어폰을 가지고 와서. 아니면 전화받는 척을 해야 했을 텐데.' 이런 생각을 하며 어떻게든 버스가 도착할 때까지 다시 그분과 마주치지 않으려고 필사적으로 딴짓을 하고 있었다. 아예 기다리던 자리에서 조금 더 걸어가 정류장 한쪽 구석에 몸을 숨기고 혹시라도 그 아주머니와 다시 마주치지 않기 위해 애썼다.

그런데 갑자기, 대체 언제 오셨는지 그 아주머니가 내 앞

에 서서 다시 뭔가 말을 했다. 황급히 이어폰을 빼고 선한 표정을 지으며 "네?" 하고 쳐다보자, 아주머니는 "건강히 지내시라고요. 그리고 다 잘될 거예요"라고 말하며 내 점퍼 주머니에 손을 확 찔러 넣더니 이내 도망치듯 사라졌다.

잠시 멍했다. 그리고 '설마, 소매치긴가?' 하는 생각과 함께 순간적으로 주머니에 손을 넣었다. 아이폰과 영수증, 동전 몇 개가 손에 잡혔다. '뭐야? 정말.' 손에 잡힌 것들을 꺼내면서 나는 잘 안되었는데 뭐가 잘될 거라는 건지, 왜 만나는 사람마다 괜찮냐고 묻는 건지 짜증이 났다. '당연히 안 괜찮지. 괜찮으면 이 생면부지의 파리에 와서 이렇게 지내고 있겠어?' 그때, 주머니를 뒤지던 손에 영수증과 함께 꼬깃꼬깃 몇 번은 접은 듯한 100유로짜리 지폐 한 장이 잡혔다. 순간 누군가에게 명치끝을 얻어맞은 것 같은 기분, 아니 겨울날 꽁꽁 언 볼에 뺨을 맞은 그런 기분이 들었다.

'100유로, 참나…… 뭐, 이런…….'

뭔가 웃기고, 슬프고, 처절하고, 따뜻하고, 절망스럽고, 구질구질하면서, 뜨거운 기분이 들었다. 필경 그 아주머니는 자기 주머니 속 이 지폐 한 장을 몇 번이나 만지작거렸으리라. 그리고 나에게 이 돈을 줄까, 말까 하는 생각으로 접고 또 접었으리라. 그 접힌 아주머니의 마음이 아프고, 그걸 받아 든 내 마음도 이상하게 아팠다.

"괜찮냐고요? 괜찮을 리가 없잖아요. 그런데 안 괜찮으면 또 어쩌겠어요." 이렇게라도 말을 할 걸 그랬다. "안되어 보이시나요? 그럼 밥을 사주세요." 차라리 이렇게라도 말할 걸 그랬다. 아! 100유로. 어쩌라고요, 정말.

라디씨옹 씰 부 쁠레

어느 금요일 밤, 와인 한 잔을 마시고 일찍 자려고 누웠는데, 3층인지 4층인지 어디 놈들인지 소리를 지르고, 새벽 세 시까지 노래를 불렀다. 올라가서 한바탕할까 하다가(실제로 신발을 갈아 신고 점퍼까지 걸쳤다), 내가 '시끄러워, 조용히 해!'를 프랑스어로 할 줄 모른다는 사실이 떠올랐다.

애초부터 어학에 재능이 없어서인지 프랑스어는 참 어렵다. 뜻은 몰라도 읽기라도 하면 좋으련만, 도통 뭐라고 읽어야 할지도 모르겠다. 심지어는 파리에서 두 달이나 지내고 있는데 집 주소를 읽을 줄 몰라서 택시를 타기 싫은 수준이라면 이해가 가시겠는지. 이때까지 사용 가능한 불어라고는 '봉주르bonjour(아침 인사)', '봉수아bonsoir(저녁 인사)', '오흐부아au revoir(헤어질 때 인사)', '씰 부 쁠레s'il vous plaît(부탁합니다)', '엉un(하나)', '두deux(둘)', 그리고 '라디씨옹l'addition(계산서)'이 전부다.

그런데 진짜 문제는 내가 도통 프랑스어가 늘지 않는다는 것이 아니라, 이 정도만 해도 두세 달 먹고, 자고, 사고 지내는 데 큰 어려움이 없다는 점이다. 물론 어렵지 않은 영어를 섞어 쓰면 프랑스 사람들도 대개는 알아듣기 때문에 가능했겠지만, 차라리 프랑스어가 아니고서는 의사소통할 수 없었더라면 좀 더 바지런히 프랑스어 공부도 하고 공부까지는 아니어도 몇 단어 정도는 더 외웠을 텐데, 결국 여기 멈춰서 도통 늘지를 않는다. 그러다 보니 말 때문에 자꾸 원치 않는 사건들이 벌어지곤 했다. 그 순간에는 무척 당혹스럽고 곤란했지만, 주변 사람들에게 이야기해 주었더니 무척 즐거워하기에 몇 개를 소개한다.

다들 아시다시피 봉주르는 아침 인사, 봉수아는 저녁 인사, 그리고 헤어질 때는 오흐부아인데, 프랑스 사람들이 원래 인사성이 밝아서 눈만 마주치면 인사들을 해대는 통에 봉주르, 봉수아는 입에 배어 자연스럽게 인사를 하고 다니게 되었다. 문제는 오흐부아인데, 대개 오흐부아는 스쳐가는 사람들에게 하는 인사는 아니고 가게나 식당, 카페에 들어갔다가 나올 때 하게 된다. "봉주르" 하고 들어가서 "오흐부아" 하고 나오는 무척 간단한 인사말인데, 봉주르는 기억하지만 오흐부아는 영 입에 안 붙어 가게에 들어갔다가도 머쓱하게 나오곤 했다.

그러던 어느 날, 인사 정도는 제대로 해야지 싶어 '오흐부아, 오흐부아'를 되뇌며 집을 나섰다. 전에 봐두었던 가방 가게에 가방을 사러 가는 길이었다. 가방이 가격이 좀 있어서 몇 번 들어가 만지작거리다 내려놓곤 해서 주인도 나를 기억하는 눈치고, 나도 매번 그러긴 좀 민망하여 그날은 꼭 살 생각이었다.

'오늘은 꼭 산다는 생각과 나설 때는 멋지게 그러나 일상적인 투로다가 무척 자연스럽게 오흐부아를 해야지' 하며 가게 문을 열었다. 그러나 '아, 저 친구 또 왔네' 하는 표정으로 쳐다보는 주인과 눈이 마주치는 순간, 나도 모르게 "봉주르" 대신에 "오흐부아"를 무척 큰 소리로 눈을 똑바로 바라보며 내뱉고 말았다. 그리고 어떻게든 이 사태를 무척 자연스럽게 해결할 방법을 잠시 고민하다가 결국 바로 문을 닫고 나왔다.

결국 가방은 사지 못했다. 이게 잘 이해가 안 가는 분들을 위해 이 상황을 가게 주인 입장에서 친절히 묘사하자면 이런 거다. 어느 맑은 날 아침, 몇 번이나 가게에 와서 가방을 만지작거리고 나갔던 어떤 동양인 하나가 다시 찾아와 문을 열더니 "오호부아(안녕히 계세요)!" 하고는 문을 닫고 나가더라가 되시겠다.

또 다른 이야기도 있다. 이건 사소한 오해에 엄청난 말실수의 결합이다. 아는 사람들은 알겠지만, 파리에는 김어준이 먼저 와 있었다. 애초에 나는 뉴욕을 거쳐 잠시 들렀다가 갈 요량이었지만, 어찌어찌하다 보니 파리에 장기 체류하게 되었고, 아무 준비도 안 하고 가서 처음에 집을 구하는 것부터 이것저것 그에게 도움을 받았다. 그러다 보니 어쩔 수 없이 자주 만나게 되었는데, 파리가 워낙 작고 서로 지내는 곳도 가까우니 어떤 날은 약속도 없이 마주치기도 하고, 또 어떤 날은 헤어졌다가 우연히 다시 만난 것도 여러 번이었다.

하루는 낮에 만나 커피를 한잔 마시고 헤어진 뒤 길을 걷고 있는데 저만치 앞에서 산발한 머리와 짙은 감색 재킷 그리고 검은 바지에 검은 구두를 신은 그가 걸어가는 것이 보였다. 나는 속으로 '어이구, 지겹네. 이제' 하며 좀 놀라게 해줄 생각으로 조용히 옆으로 다가가 "어이, 어딜 또 가시나" 하며 소리를 "꽥" 질렀다.

그런데…… 깜짝 놀라며 뒤돌아선 사람은 '그'가 아니라 그의 뒷모습과 무척 닮은 '프랑스 아주머니'였다. 나는 너무나 당황한 나머지 그 아줌마가 뭐라 뭐라 하는 이야기와 상관없이 순간적으로 나도 모르게 내가 아는 프랑스어 중 가장 자신 있는 문장을 말해버렸다.

"라디씨옹 씰 부 쁠레(영수증 주세요)."

그 아주머니는 잠시 이해할 수 없다는 표정을 짓더니만 슬금슬금 웃기 시작했고, 나 역시 허리를 꺾으면서 웃다 쓰러졌다. 그 상황에서 '영수증 주세요'라니. 이 상황을 그 프랑스 아주머니의 입장에서 묘사하자면, 어느 날 해가 슬금슬금 지고 있는 팔레 루아얄 근처를 걷고 있는데, 뒤에서 어떤 동양인 하나가 다가와 "꽥" 하고 소리를 질러 깜짝 놀라 쳐다보며 "누구세요?" 하는데, 그 남자가 갑자기 "영수증 주세요" 하고는 혼자 웃으며 쓰러지는 모습을 바라보다가 되시겠다.

어쨌든 프랑스어는 어렵고 잘 몰라도 두어 달 파리에서 사는 건 크게 어렵지 않다는 거, 뭐 그 말이 하고 싶은 거다.

다들 "오흐부아!"

소매치기

파리의 소매치기는 세계적으로 유명하다. 물론 로마의 소매치기에 비하면 양반이라는 것이 중론이지만. 유럽 여행객이라면 소매치기를 당했거나 당하는 걸 보았다는 이야기를 듣지 못한 경우가 없다. 어떤 소매치기들은 단순한 소매치기가 아니라 칼만 안 든 강도인 경우도 많다. 파리에 사는 어느 유학생의 이야기를 듣자니 지하철에서 지갑을 꼭 쥐고 있는데도 뺨을 때리고는 지갑을 빼앗아 달아난 경우도 있다 하고, 훔친 지갑을 눈앞에서 살랑살랑 흔들며 약 올리며 도망치는 모습을 망연히 바라보고 있었다는 이야기도 들은 적이 있다.

집 나오면 믿을 건 '돈'밖에 없다. 파리에서의 체류 기간이 길어지면서 매일매일 길을 걷는 것이 일상이었기 때문에 나도 이 극성스러운 소매치기가 늘 걱정이었다. 게다가 함께 여행하던 일행 중 한 사람이 지하철에서 소매치기를 당했기 때문에 이런 우려는 심각한 현실이 되었다.

소매치기를 당한 그 양반 이야기를 잠시 하자면, 이름만 대면 알만한 사람이다. 꽤 명망 있는 선거 전략가이고, 지금은 '따라지'가 됐지만 어쨌든 똑똑한 양반이다. 게다가 무척 조심성이 많고, 깔끔하고, 매사 계획적이어서 여간해선 실수가 없는, 그래서 조금 얄밉고 조금 밉상일 때도 있지만 나는 좋아하는 그런 사람이다.

소매치기를 당하던 날은 그 사람과 함께 오페라 가르니에, 생토노레를 걸으며 이곳저곳을 기웃대던 날이었다. 그는 다음 날이면 한국으로 돌아갈 예정이라 식구들에게 줄 선물을 사겠다고 해서 그를 비싼 집에서 비싼 집으로 끌고 다니던 참이었다. 근데 이 꼼꼼한 사람은 이리 보고 저리 보고, 재고 따지고, 말도 안 통하는데 깎으려고 하며 몇 시간 동안 아무것도 사지 않는 것이었다. 결국 비싼 집들을 모두 '팽'하고 조금 싼 어느 가죽 가게에 들어가서 아들에게 줄 가죽 팔찌를 살 것처럼 하더니 또 안 샀다. 결국 온종일 아무런 수확도 없이 돌아다니다가 오페라 가르니에 부근 한인 수퍼인 K-MART에 들러 저녁거리를 산 뒤 집으로 돌아가는 길이었다.

"아무것도 안 샀으면 돈 좀 내. 아니면 내 거 하나만 사주든지."

"난 먹을 거에 돈 안 써. 그리고 남자한테도."

그렇게 그가 떠나는 마지막 날이라고 그간 파리에서 신세 졌던 사람들을 초대해 삼겹살을 굽기로 해서 우리는 양손 가득 삼겹살과 김치를 사 들고 지하철을 탔다. 퇴근 시간인지라 지하철역은 평소보다 사람들이 많았고, 두 손에 고기와 김치를 든 깔끔하고 스타일 중요하신 그분은 "아, 이거 멋이 안 나는데, 다들 몰려 타지 말고 따로 떨어져 갑시다"라며 옆 칸에 혼자 올라섰다(그러고 보니 그가 소매치기를 당한 것은 무척이나 운명적이었다는 생각이 든다).

그렇게 지하철을 타고 20여 분을 가서 목적지에 내린 나와 일행들은 너무나 망연자실하게 양손에 삼겹살과 김치를, 그리고 빈 지갑을 입에 들고 서 있는 그를 보았다.

"아, 털렸어."

"뭘?"

"소매치기야. 귀신같네. 내가 털리다니……."

"정말? 어쩌다가? 어떻게 된 거야?"

"지하철이 출발하면서 덜컹해서 잠깐 흔들렸는데, 조금 있다가 어떤 사람이 내 지갑을 흔들면서 잃어버린 사람을 찾더라고. 난 처음에는 내 것이 아니라고 생각했는데, 내 주머니를 만져보니 지갑은 없고 흔드는 지갑이 무척 낯익더라고."

"그래서 얼마를 잃어버린 거야?"

"600유로. 현금만 가지고 카드는 남겨놨네."

"거봐, 내가 사랄 때 샀어야지. 하나도 안 사더니만."

아! 600유로. 그 돈이었으면 그는 가족들 선물을 사고, 내 것도 하나 사주고, 삼겹살도 살 수 있었을 텐데. 그리고 나를 포함한 많은 사람에게 무척 고맙다는 말을 들을 수도 있었을 텐데. 그는 한순간 잘못 내린 판단 때문에 모든 걸 잃어버리고 동정도 받지 못하게 된 것이다. 그 순간 문득, 나는 그가 '어떻게 내가 털릴 수 있지. 나는 그럴 리가 없는데'라고 말하지 않을까 생각했다. 평소의 그를 봐서는 이 상황에서 그렇게 말할 것 같았다. 그는 잠시 더 멍한 표정으로 서 있다가 날 바라보며 이렇게 이야기했다.

"아! 어떻게 내가…… 당신이라면 모를까 어떻게 내가 털릴 수 있지?"

'거봐. 그렇게 말할 줄 알았다니까.' 나는 내 촉에 깊이 감탄하면서 그래도 그에게 진심이 담긴 위로를 건넸다.

"괜찮아, 카드는 남았잖아요. 그거 쓰면 되지 뭐. 어차피 올해는 아무것도 안 되는 해야."

그 일이 있고 난 뒤 소매치기에 대한 불안은 더욱 커졌고 이리저리 고민하다가 순간적으로 기가 막힌 아이디어가 떠올라 옷 가게로 달려갔다. 그리고 주머니가 가장 많은 옷을 하나 사 입었다. 아무리 소매치기가 달려들어도 대체 어디를 열어야 할지 모르는 그런 옷 말이다. 그제야 나는 조금이나마 안도할 수 있었고, 다행스럽게도 파리를 떠날 때까지 아무 일도 일어나지 않았다. 하지만 아주 사소한 문제가 있기는 있었는데 주머니가 너무 많아 뭘 어디다 넣었는지 잊어버려 매번 찾아야 한다는 것과, 분명히 다 꺼냈는데 자꾸만 동전이 잘그락거리는 소리가 옷 어디에선가 나곤 했다는 정도.

지갑을 잃어버린 그 양반은 결국 아무것도 사지 못하고 서울로 돌아갔다. 마지막 날 오후에 다시 선물을 사러 나갔지만, 이번엔 카드 마그네틱이 손상되었다며 빈손으로 돌아왔다. 물론 나는 그 말을 아주 믿지는 않는다. 아마 마그네틱을 손상시켰겠지, 돈 쓰기 싫어서.

어찌 되었든 다시 한번 심심한 위로를 보냅니다. 양정철 씨.

감자 한 자루

영화배우 문성근 형님이 파리에 오겠노라는 소식을 전해왔다. 형님은 베를린 영화제에 참석하고 돌아가는 길이라고 했다. 심심하던 차에 반가운 소식이었다. 파리 이곳저곳을 모시고 다니며 밥을 사라고 하고, 여기저기를 함께 다니며 돈을 쓰게 해야겠다는 생각으로 2, 3일 전부터 마음이 들떴다.

체류 기간이 길어지면 대개의 여행자는 자연스럽게 현지인 모드로 전환된다. 가장 먼저 가고 싶은 곳이 줄고, 그다음엔 사고 싶은 것이 줄고, 마지막엔 먹고 싶은 것이 준다. 물론 가고, 사고, 먹고 싶은 것에 대한 욕망 자체가 줄어드는 것은 아니다. 다만 버는 것 없이 쓰기만 하면서 얇아지는 지갑 때문이다. 이럴 때 얻어먹어도, 엉겨 붙어도 전혀 부담 없는 선배가 온다는 것은 장마 끝에 햇살이다.

게다가 성근 형님은 언제나 잘 속아 넘어가는 사람이었다. 정색하고 이야기하면 늘 진지하게 받아들이고, 적당히 능치면 언제나 "오, 정말?" 하며 쉽게 믿어주는 사람이었다. 그가 어느 정도로 잘 속아 넘어가느냐 하면 파리에 도착하자마자 내가 2유로쯤 하는 지하철 티켓을 한 장 내밀며,

"형님, 여기는 이거 한 장으로 다 돼요."

"뭐가 다 되는데?"

"여기 보세요, 여기. R, M, T 이렇게 쓰여 있죠?(R은 파리의 외곽선을 뜻하는 약자, M은 지하철, T는 트램, 즉 전차를 의미하는 것이었다)"

"어, 그게 뭔데?"

"잘 보세요. 여기 R은 레스토랑이에요. M은 맥도날드고요. 이거 하나면 다 이용할 수 있어요."

"그래? 대단한데. 역시 유럽은 달라. 근데 이건 뭐야, T는?"

"T요? 그건 Tea예요. 괜찮아요, 맛이."

"아, 그게 얼만데?"

"100유로요."

뭐, 대략 이 정도.

형님은 1주일 정도 파리에 머무를 예정이어서 역시 호텔보다는 렌트하우스가 좋을 듯해 혼자 지낼 만한 적당한 집을 구해드리고 간단히 해 먹을 수 있는 찬거리들을 사러 한국마트로 향했다. 햇반, 라면, 김치 뭐 이런 것들을 사서 바구니에 담고 있는데, 성근 형님이 잠시 두리번거리더니 야채코너에 있던 감자를 자루째 계산대로 가지고 왔다.

"감자는 뭐 하시게요?"

"먹으려고. 삶아 먹으면 맛있어."

"그걸 혼자 다 어떻게 먹어요?"

"걱정하지 마, 1주일이면 아마 모자랄걸."

성근 형님이 파리에서 혼자 감자를 삶아 먹는 모습은 상상만으로도 충분히 웃겼지만, 뭐 본인이 감자를 삶아 먹겠다는데, 게다가 맛있다는데 내가 말릴 이유는 없지 않은가?

그렇게 형님의 파리 생활이 시작되었고, 나와 파리에 체류하는 '떨거지'들은 신나게 형님을 벗겨 먹고, 우려먹고, 놀려먹으며 즐겁게 지냈다. 그리고 떠나기 전날 평소에는 비싸서 못 갔던 한국식 삼겹살 식당에서 마지막 저녁을 먹기로 하고는 모처에서 다시 만났다. 형님은 등산 배낭에 무언가 잔뜩 짊어지고 나타났다.

"아니, 형님. 내일 가시는데 왜 짐을 벌써 들고나오셨어요?"

"아, 이거? 내 조카가 파리에서 공부하는데 오늘 만나서 걔 주려고. 내가 장보고 못 먹은 것들이야."

"근데 뭐가 이렇게 많아요?"

"어, 감자."

아! 성근 형님의 배낭 안에는 뜯지도 않은 감자 한 자루가 고스란히 담겨있었다.

"삶아 먹으면 맛있다면서요?"

"맛있어, 정말. 내가 바빠서 못 먹은 거야. 조카 주면 좋아할 거야."

함께 저녁 약속을 한 사람들은 모두 그걸 누가 좋아하냐고 낄낄거렸지만, 아, 우리의 문성근 형님께서는 무척 진지하신 표정으로 배낭을 둘러매고 삼겹살집으로 묵묵히 걸어갔다. 식당에서 우리는 형의 짧은 체류를 아쉬워하며, 이제 한국으로 돌아가는 갑갑함에 대해 안쓰러워하며 함께 식사했다. 무척 아쉬웠다. 그가 가고 나면 나는 이제 누굴 놀려먹을까 싶은 마음 때문이긴 했지만.

어느 정도 식사가 끝날 무렵, 파리에서 공부 중이라는 형님의 조카가 왔다. 다들 인사를 나누고 나는 크게 웃으며 조카에게 말했다.

"야, 너희 삼촌이 너 주려고 뭘 갖고 오셨는지 아니?"

"뭘 가져오셨는데요?"

"감자다, 감자. 감자를 한 보따리 가져오셨어. 보통은 용돈 같은 거 주는 거 아니냐? 으하하."

그때 그 조카가 잘 이해가 안 간다는 표정으로 사뭇 진지하게 우리에게 말했다.

"감자가 왜요? 쪄 먹으면 맛있는데……."

그렇게 형님은 감자가 가득 든 소중한 배낭을 조카에게 건넸고, 조카는 그것을 무척이나 감사하게 받았다. 그 모습은 진지하고 아름다웠다. 저 끝에서 누군가가 한마디 했다.

"감자도…… 집안 내력이군."

'문성근 파리 송별회'의 계산은 당연히 형님이 하셨고, 그는 떠나기 전에 내게도 선물을 하나 주셨다.

"탁아, 이거 그때 너한테 산 티켓, 다 되는 거 그건데, 내가 바빠서 못 썼다. 네가 써라."

아! 아름다운 문성근 형님. 두 장을 팔 걸 그랬다는 뒤늦은 후회.

'즐거운' 노르망디 여행

　　파리는 추웠다. 너무 추워서 속수무책이었다. 눈
이 쌓일 정도로 내렸고 해는 뜨지 않았다. 아주 단단한 겨울
이었다. 파리에 사는 사람들도 이런 추위는 십몇 년 만에 처
음이라고 했다. 생전 경험하지 못한 추위라는 사람도 있었
다. 누구는 소빙하기가 시작된 거라 했고, 또 누구는 습도가
높아서 추운 거라 했다. 각자가 느끼는 추위에는 저마다 근
거가 있고 이유가 있었다. 나는 그냥 마음이 추워서 그런 것
같았다. 2012년 겨울, 서울에서 영하 십몇 도의 추위에서도
뜨겁게 유세 행사를 했었던 기억을 떠올리면, 이 정도의 온
도와 추위쯤은 견디자면 못 견딜 것도 없었다. 그러니 이렇
게 꼼짝없이 얼어붙게 된 이유가 습도 같은 것에 있지 않다
는 건 분명해 보였다.

그날도 몹시 추운 날이었다. 연신 춥다며 남자 다섯이 모여 오들거리며 빈둥거리고 있었다. 날이 좋아도 한기를 내뿜을 만한 처지의 위인들이 한자리에 모여 웅크리고 있었다. 더럽게 할 일이 없었고, 더럽게 할 말도 없어서 그저 서로 쳐다보며 누구든 먼저 아무 말이나 꺼내기를 기다리고 있었다.

"노르망디나 갈까?"

"노르망디? 거기 뭐가 있는데?"

"거기 뭐, 코끼리바위라고 볼만하지. 한 번쯤은."

"바닷가니까 해산물도 있을 거야."

"추운데 무슨 해산물?"

"고기는 질렸어. 해산물 먹으러 가자."

"아니, 해산물 먹으러 노르망디까지 가? 얼마나 걸리는데?"

"고기 먹어, 고기. 해산물 싫어."

"그래도 왔다 갔다 하면 하루는 잡아야지."

"노르망디면 2차 세계대전 때 상륙작전 했던 데, 거기 가는 건가?"

"아냐, 거긴 한참 멀리 있다고 하던데?"

"그럼 정말 해산물 먹고 바닷가에 바위 보러 남자 다섯이 거기에 가자는 거야?"

"……."

"그래 가자!"

눈이 참 오지게도 왔다. 다행히 길이 얼어붙지는 않아서 우리 다섯 명을 태운 승합차는 제 속도를 내며 고속도로를 달릴 수 있었다. 파리에서 노르망디 에트르타까지는 두세 시간 남짓. 창밖으로는 하얀 눈발이 무색할 정도로 파란 밀밭이 끝도 없이 펼쳐져 있었다.

"엄청나군!"

누군가가 말했지만 아무도 대꾸가 없었다. 아마도 누군가는 눈이 엄청나다고 생각했을 것이고, 또 누군가는 밀밭이 엄청나다고 생각했을 것이고, 또 누군가는 이 날씨에 남자 다섯이 해산물을 먹겠다고 노르망디에 가는 게 엄청나다고 생각했을 것이다. 나는 그냥 이 모든 게 엄청 심드렁했고, 어쩌면 다들 그랬을지도 모르겠다.

차는 계속 달렸다. 운전기사 겸 가이드는 "에트르타는 예술가들이 모여 살기 시작하면서 유명해졌고, 모네를 비롯한 많은 화가가 지금 우리가 가려는 언덕과 바다에서 작품들을 그렸고, 작은 마을이지만 꽤 많은 관광객이 모여들고, 가다 보면 《괴도 루팡》의 작가 모리스 르블랑의 집이 있고, 《기암성》의 배경이 되었고……" 등등을 꽤 열심히 설명했지만, 그걸 열심히 듣는 사람이 없다는 걸 알았는지 언제부턴가 조용히 운전만 하기 시작했다. 그건 무척 다행스러운 일이었다. 이런 가이드를 많이 만나본 것은 아니지만, 간혹 어떤 가이드는 너무 열심히 설명해서 듣는 내내 고개를 끄덕이며 추임새를 넣어주는 것도 힘에 부치는 '일'이 되기도 하니 말이다.

차는 어느새 조그마한 마을로 들어가더니 골목골목을 몇 개 지나 다시 산등성이 위로 올라갔다. 그리고 바다가 보이는 언덕이 나타나는가 싶더니 갑자기 멈춰 섰다. 눈발은 더 굵어졌고, 언덕 위에는 황소바람이 불고 있었다. 꼭대기에는 문이 잠긴 교회가 단단히 궁둥이를 붙이고 있었다. 아마 몇백 년은 저러고 있었겠지 싶었다. 우리는 기다렸다는 듯이 차에서 내리기는 했지만, 바람 부는 언덕에서 속수무책으로 바람을 맞는 것 외에는 할 게 없었다. 언덕 아래를 기웃대고, 잠긴 교회 문을 괜히 흔들어 보고, 저 멀리 바다를 잠깐 쳐다보다가 "저건가?" 하며 코끼리 모양의 바위를 내려다보는 것으로 사실상 관광은 끝난 셈이었다. 일행 모두 아무 기대가 없어서 아무것도 궁금하지 않았으니까.

"밥 먹죠, 들."

하지만 근처의 유명하다는 바닷가 식당들은 비수기 한파에 문을 닫았다. 바닷가에는 한눈에 보아도 쇠락하여 별 볼

일 없는 식당 두어 군데만 문을 열고 있었다. 식당으로 들어서자 우리처럼 눈먼 관광객들이나 기다리며 앉아있던 주인이 소스라치게 놀라며 부산을 떨었다. 얼음 위에 얹어진 굴과 차갑게 식은, 아니 원래 차게 먹는 것이라는 붉은 등딱지의 게 몇 마리, 미지근한 생선 스튜와 시큼한 와인을 시켜 먹었다. 혀끝이 아린 치즈는 아무래도 비위에 맞지 않았다.

"차가워. 해물탕 같은 거 먹고 싶다."

하지만 노르망디에 해물탕은 없었다. 가자미 같은 흰 살 생선 스튜라도 좀 뜨끈하게 데워주었으면 했지만, 여러 개의 코스 중에 그나마 따끈한 것은 삶은 배에 초콜릿을 잔뜩 뿌려 절대 먹고 싶지 않게 만든 디저트뿐이었다.

"그러게 고기 먹자고 그랬잖아."

꽁꽁 언 몸에 얼음 위에 올려진 찬 굴을 후루룩 먹으면서 속으로 '그럴 걸 그랬다' 싶었지만, 아무 말도 하지 않았다. 다들 같은 생각을 하는 것처럼 보였다.

'즐거운' 노르망디 여행이었다.

파리 여행사

　　어느 날, 그날도 어김없이 오페라 대로변에 있는 카페 로얄에서 김어준, 주진우와 커피를 마시고 있었다. 하루에 한 번 정도는 늘 만났고, 재수가 없는 날에는 길거리에서도 마주치고 저녁도 함께 먹곤 했기 때문에 체류 기간이 오래될수록 만나봐야 별반 할 말들이 없었다. 할 말이 없지만 날마다 만났던 이유는 할 일이 없어서였는데, 그날은 누가 먼저 꺼냈는지 이러지 말고 뭔가 생산적인 걸 한번 해보자는 주제로 나름 열띤 분위기였던 것으로 기억한다.

　　물론 세 명 모두 '지금은 아무것도 하지 않는 것이 가장 잘하는 짓'이라는 데에는 의견을 같이했다. 하지만 언제가 될지는 모르겠지만 아무것도 하지 않는 시절이 끝나도 꽤 오랫동안 아무것도 할 수 없는 시절이 올 것이라는 데에도 의견을 같이했던 고로, 그때를 대비하여 뭔가 그럴듯한 일거리를 만들어 놓자는 데까지는 쉽게 합의할 수 있었다.

가장 먼저 나온 아이템은 주식(主食)을 라면으로 때우고 있던 터라 차제에 '라면 가게'를 열면 어떻겠느냐는 것이었다. 일본 라면 위주의 파리 라면집들 사이를 '매운 라면'으로 공략하면 승산이 있다는 주장이었다. 현지인의 입맛을 바꾸기가 쉬운 일은 아니겠으나 매운 라면집이 하나도 없으니 매운맛을 찾는 외국인들과 매운 걸 꼭 먹어야만 하는 한국 관광객과 교포를 상대로 하면 분명히 가게가 미어터질 것이라는 김어준의 주장이었다. 게다가 현지 교포 중 한 분이 파리 중심부는 아니지만 그리 나쁘지 않은 장소를 헐값이나 무상으로 임대해 주겠다고 했다며 라면집 이름을 '망명라면'이라고 하자는, 제법 그럴싸한 계획이었다.

하지만 꽤 많은 한국 교포가 있고 수많은 관광객이 다녀가는 파리에 왜 이제껏 매운 라면집이 하나도 없었는지를 생각해 보자는 주진우의 말이 있었고, 내가 현지 거주 교포에게 전화를 걸어 물어보자 그분은, "라면집요? 어휴, 그거 안 돼요. 여럿 망해 나갔어요. 일단 관광객들은 정해진 식당들이 있고, 교포들은 한인 마트에서 사다 먹고, 현지인들은 매운 거 못 먹어요. 프랑스 애들 매운 거 먹이면 토하거나 아마 고

소할 거예요." 해서 라면집은 실패.

다음 아이템은 김밥집. 이건 내 생각이었다. 점심, 저녁 시간이면 관광객과 현지인이 뒤엉켜 북새통을 이루는 파리의 레스토랑 카페들을 보며 일단 24시간 가능한 김밥집은 승산이 있다는 게 나의 분석이었다. 곧 날씨가 풀릴 것이고, 김밥은 핫도그나 샌드위치처럼 말아 쥐고 걸어 다니면서 먹기에도 편한 음식 아닌가. 아시안 푸드, 특히 쌀을 먹는 현지인이 점점 늘어간다는 말도 들었고, 김밥은 맵지도 않고 채소와 고기 모든 걸 넣고 뺄 수 있는 선택의 재미도 있으니, 이것이야말로 우리가 살길이라며 강하게 주장했다. 이제 우리 모두 파리 김밥집의 사장이 되어 돈도 벌고 한국 음식을 미식의 본거지에 소개하는 진정한 음식 문화 사절로 거듭나는 일만 남지 않았냐고 하자 다들 고개를 끄덕끄덕하지 않을 수 없었다.

하지만 김밥집은 이미 있었고, 그것도 꽤 여러 군데 있었고, 김밥, 롤, 초밥 집이 너무 많아 망해가는 추세라는 현지인의 차가운 분석 앞에 다시 한번 주저앉을 수밖에 없었다.

이쯤 되니 먹는 거 말고, 뭔가 많은 준비가 필요한 거 말고, 그냥 몸만 가지고 혹은 입만 가지고 먹고살 방법은 없을까 고민하지 않을 수 없었다. 사실 방법만 있다면 그게 가장 바람직한 일거리임은 분명했다. 장사는 아무나 하는 게 아니고, 먹는장사는 더 그러하겠지. 라면집을 한다 해도 누가 라면을 끓일 것이며, 김밥은 또 누가 말 것인가. 셋 다 사장이라고 카운터에만 있겠다고 매일 싸우거나, 다들 안 나오거나, 음식에 털이 들어가 있거나, 주문도 못 받을 정도로 수줍음을 탄다면 또 어쩔 것인가? 뭐 그런 생각이 들면서 '그래, 먹는장사는 아니야'라는 데 셋의 의견이 다시 일치했다.

그때, 누구의 입에서 나왔는지 모르게 '여행사'라는 말이 불쑥 튀어나왔다.

"여행사 하자, 여행사."

"무슨 여행사?"

"파리 전문 여행사."

여행사라기보다는 뭐랄까, 현지 가이드 같은 걸 하자는 아이디어였다. 각자의 개성을 살려 한 분야씩 맡으면 되지 않을까 싶었다. 그도 그럴 것이 무슨 대단한 의미가 있는 여행이 아니면 대개가 보고, 먹고, 사는 것이니 우리 셋이 한 분야씩 담당하면 그럴듯하지 않을까 싶기도 했다. 일단 주진우는 할 일 없이 종일 미술관에 앉아 죽 때리고 있으니 '주진우와 함께하는 파리 미술관 투어', 나는 하루 종일 거리와 가게를 쏘다니니까 '탁현민과 함께하는 올나잇 쇼핑 투어', 김어준은 파리에서 이집 저집 고깃집만을 찾아다니니까 '김어준의 육식 투어' 이렇게 프로그램을 만들어서 돌리면 되지 않겠냐는 거였다.

그럴듯했다. 서울에서 파리까지는 각자 알아서 오고, 여기서 묵을 곳은 한인 여행사를 통해 구해주고, 매일매일 순서를 정해 안내하며 데리고 다니면 우리가 할 일이 생기고 돈도 벌고…… 드디어 살길을 찾았구나 싶었다.

"좋았어!"

"역시 셋이 모이니 뭔가 그럴듯한 생각이 나오는군."

"흐흐흐, 하하하, 호호호"

그런데 그때 불현듯 떠오른 생각 하나.

"근데…… 우리 체류 기간이 3개월 아니었나?"

"아니, 6개월이지."

"아니야. 유럽이 6개월이지만, 프랑스엔 3개월밖에 못 있는다던데."

"그럼 난 다음 달에 돌아가야 하는데……."

"나는 이번 달."

"……."

"아, 그렇군. 자, 커피 다 마셨으면 그만 나가자."

노트르담 성당

비가 왔다. 비가 오지 않으면 눈이 내렸고, 눈이 오지 않으면 바람이 불었다. 가끔 비가 오다가 눈이 내렸고 바람도 불었다.

어김없이 아침은 왔다. 약속한 것도 아닌데, 매일 그 시간이면 아침이 왔다. 아침이면 늘 괴로웠다. 뒤척이던 지난밤의 피로가 몰려왔고, 밤새 끝나지 않은 고민이 숙취처럼 달라붙어 떨어지지 않았다. 어떤 아침은 도저히 감당하기 힘든 노동이었다.

끔찍한 기분과의 싸움 같은 것이었을까? 가방을 멘 어깨가 멍이 들고 다리가 저리도록 걸었던 까닭은 차라리 지친 몸이 되면 불편한 마음으로부터 나가떨어질 수 있지 않을까 싶었기 때문이다. 그러면 적어도 그날은 좀 더 오래 잘 수 있지 않을까 생각했다. 그러나 잠은 내게 인색했다. 너무 늦게 와서는 너무 빨리 가버렸다. 매일 그랬다.

생제르맹을 거쳐 센 강을 따라 올라갔다. 부키니스트(고서적상)들은 이미 자물쇠를 잠그고 어디로 갔는지 보이질 않았다. 문득 생각했다. 마음도 무엇으로든 잠글 수 있다면, 그래서 이 지긋지긋한 생각들과 너절한 절망감을 어디 단단히 가두어 버릴 수 있다면 좋겠다고 생각했다. 하지만 고민은 이리저리 불쑥불쑥 튀어나와 목을 조르고 가슴을 때리고 눈을 찔렀다.

퐁네프를 건너 시테섬으로 향했다. 그곳에 있는 작은 공원에 앉아있을 생각이었다. 시테섬의 뾰족한 시작점에 오래된 건물들 사이로 속주머니처럼 숨어있는 공원이 하나 있었다. 공원은 늘 조용했다. 바로 몇 블록 뒤에 노트르담 성당이 있다는 게 믿기지 않을 정도로 조용했다. 누구 하나 내게 말을 걸지 않아도, 누구 하나 날 알아보지 못해도 북적대는 사람들 틈으로 가는 것이 싫었다. 사람들의 웅성거림, 기대에 찬 표정들, 가슴 벅차 상기된 얼굴들 그런 건 뭔가 아픈 기억을 떠오르게 한다. 다시 그런 것들을 마주할 자신이 없었다.

그러나 공원은 너무 추워서 도저히 앉아있을 수가 없었다. 내리던 눈은 다시 비가 되었고 젖은 발이 얼기 시작했다. 바람은 머리 위에서 불지 않고 목덜미 아래로 불어왔다. 추워서 아무것도 생각이 나지 않는 것은 다행이었으나, 추워서 더는 버틸 수 없는 지경이 되는 것은 문제였다. 집으로 돌아가기에는 너무 이른 시간, 나는 노트르담 성당으로 향했다. 다행스럽게도 드센 한파에 관광객들도 얼어붙었는지 북적대던 성당 앞은 조용했다. 나는 줄을 서지 않고 성당 안으로 들어갔다.

몇 차례 지나가며 보았던 성당 외벽의 화려함만큼이나 성당 내부는 아름다웠다. 드문드문 사람들이 촛불을 켠 채 저마다의 수호성인 앞에서 기도하고 있었다. 예배가 끝난 지 얼마 되지 않은 모양이었다. 매캐한 유황 냄새가 사람들이 움직일 때마다 느껴지다가 사라졌다. 저쪽에선 예배를 집전했던 신부와 사제들이 성구를 챙겨 성당 오른편으로 조용히 걸어 나가고 있었고, 앞줄의 사람들은 여전히 무릎을 꿇고 기도하고 있었다. 나는 성당 뒷줄 구석에 앉아 기도하는 사람들을 쳐다보았다. 노파와 지팡이를 옆에 둔 늙은 백인이 보였다. 그들은 시간이 지나면서 하나둘씩 성호를 긋고 자리에서 일어났다. 끝까지 남아있던 마지막 사람은 어떤 흑인 여자였다. 그녀는 의자도 아닌 찬 바닥의 계단에 주저앉아 기도인지, 기도문인지 모를 말들을 눈을 감고 되뇌고 있었다.

문득 모든 간절한 사람들은 왜 이리 초라해 보이는 걸까 싶었다. 간절함은 사람을 왜 이렇게 추레하게 만드는 것일까. 그러다 갑자기 황당하게도 눈물이 났다. 뭔가 참고 있던 것이 터진 것처럼 주르륵주르륵 눈물이 흘렀다. 하나도 슬프지 않은데, 오히려 오랜만에 평온한 마음이었는데, 마치 마음 놓고 있다가 소매치기를 당한 것처럼 느닷없이 눈물이 쏟아졌다.

　토요일 오후 노트르담 성당에서였다.

카페 파리

어니스트 헤밍웨이가 쓴 《파리는 날마다 축제》를 읽으면 뤽상부르 공원이나 그가 자주 들렀다는 카페 드라 페나, 카페 플로르에 가보고 싶어진다. 거기에 간다고 영화 〈미드나잇 인 파리〉에서처럼 피카소와 헤밍웨이, 피츠제럴드를 만날 수 있진 않겠지만, 그들과 비슷한 사람이나 그들이 앉았던 의자나 아니면 그들의 사진이라도 보지 않을까 싶었다.

그래서였을까. 파리에 머무는 시간이 길어지면서 북적이는 관광지를 벗어나 유서 깊은 카페를 찾아 꽤 열심히 다니기도 했다. 커피 한 잔, 와인 한 잔을 시켜놓고 종일 앉아 편지를 쓰거나 드나드는 사람들을 쳐다보며 시간을 보내기도 여러 번이었다.

거짓말을 조금 보탠다면 파리는 어디에나 카페였고, 카페는 바로 파리였다. 혁명을 잉태하고 민주주의를 토론했던 카페의 시대 뒤로 수많은 작가, 화가, 시인이 예술과 사랑을 이야기하던 카페의 시대 또한 흘러갔다. 그러한 시대들을 거치면서 카페는 다만 커피를 마시고 밥을 먹는 장소가 아니라 사건을 만들고, 사람을 만들고, 역사를 만든 성지가 되어갔다. 파리의 진짜 모습은 에펠탑의 야경이나 샹젤리제 거리가 아닌 카페의 구석 자리나 테이블 바에 있다는 말에 동의하지 않을 수 없다.

이국의 중년 사내에게 파리의 카페는 그 유서 깊음만으로도 충분히 부러운 공간이었다. 최소한 몇십 년, 웬만하면 100년 이상 된 카페들은 그곳에서 무엇을 마시고 무엇을 먹어도 분명히 음료나 음식 이상의 의미가 있었다. 괜히 기죽는 기분이랄까.

하지만 파리의 카페는 그곳에 사는 사람들에게 특별한 무엇이 아니라 일상의 일부 같았다. 아침이면 에스프레소 한 잔에 크루아상 하나를 먹으면서 하루를 시작하고, 점심이면 샌드위치에 차를 마시고, 저녁이면 다시 들러 와인을 한 잔 마시며 그날을 마감하는 그 모든 일상이 카페에서 이루어지고 있었다. 카페에서 사람들을 만나고, 카페에서 서로 헤어지는 게 파리지앵의 하루였다.

　파리에 있는 동안 유서 깊다는 카페들을 찾아다니며 비슷하면서도 다른 커피 맛을 비교하기도 하고 여러 음식을 먹어보면서 그 카페, 그 자리에 앉았던 반세기, 한 세기 전 사람들의 모습을 상상했다. 마치 성지순례에 나선 도보 고행승처럼. 하지만 유서 깊다는 카페들은 대개 실망스러웠다. 실망의 이유는 간단했다. 뭐 볼만한 것이 없었다.

　헤밍웨이가 글을 썼다는 카페도, 툴루즈 로트레크가 자주 다녔다는 카페도, 혁명이 시작되었던 팔레 루아얄의 카페도, 피카소, 살바도르 달리의 카페도 그들의 흔적은 별로 없었다. 관광지에서 누구나 살 수 있는 그림이나 작가들의 사진 정도가 대부분이었고 그것조차 없는 경우도 많았다. '이거 뭐 유서만 깊지, 형편없네.'

　그러다가 문득 한국에 100년 된 음식점이 영업을 한다면 그 가게가 어떤 모습일지 상상해 봤다. 아마도 그 정도 역사면 거리 입구에서부터 플래카드들이 열렬히 나부끼고, 음식점 입구 양쪽으로는 필경 '진짜 원조, 100년 전통, 고종 임금이 먹다가 반하신……' 등등 아마 음식을 먹기도 전에 그 유래와, 역사와, 전통과, 거길 다녀간 사람들의 한마디씩과, 그리고 수많은 사람의 사인으로 가득했을 것이다.

그러니 차라리 파리의 카페들이 낫지 않을까? 그렇게 시끌벅적하게 요란을 떠느니 그냥 이렇게 무덤덤한 편이 더 낫겠구나 싶었다. 어쩌면 그들에게 역사란 사건이 아니라 삶으로 받아들이는 것인지도 모르겠다는 생각, 그리고 그편이 훨씬 자연스러운 것이 아닐까 하는 생각이 들었다. 하지만 그래도 관광객으로서는 어렵게 찾아간 카페가 내가 생각한 그곳이 맞나 싶은 마음에 웨이터에게 물어볼 수밖에 없었다.

"혹시 이 카페에 헤밍웨이가 앉았던 자리나 유품 같은 것이 있나요?"

"그런 건 없는데요."

"여기가 헤밍웨이가 글 쓰던 그 카페가 맞기는 한가요?"

"네, 맞습니다. 그런데 그 손님은 안 오신 지 꽤 됐습니다."

불안한 여행

　　장기간 여행은 낯선 것들을 일상화한다. 우리는 무엇이든 반복적으로 하는 것에 길들여져 있고, 그랬을 때 마음이 평안해지는 것 같다. 일상을 지긋지긋해하면서도 어느 순간 그 익숙함 안에서 평안을 얻게 되는 셈이다. 그래서 여행이 익숙해졌다 싶은 그때가 이제 여행과 작별을 고할 때다. 여행이 아니었다면 전혀 모르고 살았을 사람들과 아쉬운 이별을 나누고, 그간의 기억을 가방에 차곡차곡 쌓아 집으로 돌아가야 할 때인 것이다.

　우리는 대개 참을 수 없을 정도로 따분한 삶에서 탈출하기 위해 가방을 꾸리고 여행을 떠나지만, 가방 안에는 가장 편안하게 일상을 유지해 나갈 수 있는 것들을 챙기곤 한다. 피부에 익숙한 로션, 오랫동안 써오던 면도기와 면도크림까지.

또 헤어드라이어와 편안한 옷가지들, 심지어는 가장 재미있게 읽었던 책과 손에 익은 펜, 노트까지 알뜰하게 챙긴다. 여정 내내 불확실성과 만날 것을 염려하며 일정을 두 번 세 번 확인한다. 낯선 곳으로 떠나면서도 사실상 미리 준비한 계획 안에서 조금이라도 벗어나지 않도록 조심 또 조심한다.

그런데 어느 곳을 갈지, 가서 무엇을 볼지, 어디에서 무엇을 먹을지까지 계획하는 것을 여행의 즐거움이라고 할 수 있을지 잘 모르겠다. 어떤 여행이냐는 각자의 취향이겠지만, 여행이 일상으로부터의 탈출이라는 고전적인 해석에 동의한다면 그 여정은 철저히 비일상적이고 불확실하며 낯선 곳에서 더 낯선 곳으로 이동하는 미지와 기대로 가득 찬 무엇이어야 하지 않을까? 굳이 책과 인터넷에서 얻어낸 정보들을 직접 확인하기 위해 몇 시간씩 비행기를 타고 날아가 말도 잘 안 통하는 사람들 사이에서 그것들을 찾아낸 뒤 기뻐하는 여행은 나로서는 잘 이해하기 어려운 기쁨이다.

철저한 계획의 여행이 지루한 이유는 계획이 너무 철저하다는 데에 있다. 너무도 철저해서 뭔가 새로운 사건을 만나기가 어렵다는 데에 있다. 전개는 빤하고, 위기는 사라지고, 절정은 시큰털털한 소설 같다고 할까? 빈틈없는 일정들은 다양한 전개를 막고, 충분히 대비한 상황이 위기를 막고, 그런 것들이 절정을 원천 봉쇄하니 애초부터 이런 여행이 드라마틱하게 만들어지는 것은 불가능하다. 그러니 여행이 좀 비일상적으로 흥미진진하게 진행되기를 바란다면, 뭔가 미지에 대한 기대로 시간이 채워지길 바란다면, 좀 덜 꼼꼼해질 필요가 있으며 열려있는 여정을 두려워하지 말아야 한다.

좋으면 며칠을 더 머무를 수도 있고, 싫으면 다음 날 바로 떠날 수도 있어야 한다. 잘못시킨 음식을 맛있는 척 먹을 줄도 알아야 하며, 주문을 잘못하여 디저트를 두 개씩 먹게 되어도 당황하지 말아야 한다. 사이즈가 안 맞는 옷을 샀을 때도 살을 빼거나 살이 찌면 될 것이라고 스스로를 위로할 줄 알아야 한다. 내가 산 물건과 똑같은 물건을 더 싸게 파는 가게에 가도 당황하지 말 것이며, 한 번 지나갔던 길을 몇 번이나 다시 돌아오는 것은 그 길과 내가 어떤 인연이 있다고 믿어야 한다. 보내지도 않을 편지지를 습관적으로 사 모을 줄 알아야 하고, 오지 않은 지하철을 기다리다 두려움에 떨며 밤길을 걸어보는 경험도 기꺼이 감수해야 한다.

무서운데 안 무서운 척 큰 소리로 노래를 부르며 걸음을 빨리할 줄 알면 여행이 더 재미있어진다. 집 안에 열쇠를 놓고 문이 잠기는 것도 한 번쯤은 경험해 볼 만한 일이다. 진짜 '멘붕'이 무엇인지 알게 될 테니 말이다.

집 밖은 집 안과는 다르다. 우리는 뭔가 달라지길 기대하며 문을 열고 나가는 것이다. 그러니 여행을 나서면서 계획은 버리자. 굳이 계획해야겠거든 가슴 조이는 불확실한 시간을 최대한 늘리는 것을 계획해 보자. 익숙한 것들과 만나는 것은 집 안에서도 충분히 가능한 일이므로.

자, 여행을 떠나자. 불안하고 불온한 시간으로.

가자.

관광은 높은 곳으로,
일상은 낮은 곳으로

관광객이 되면 자꾸만 높은 곳, 더 높은 곳으로 올라가게 되는 것 같다. 그게 어디든 높은 곳에 올라가 도시 전체를 조망하려는 욕망에 사로잡힌다. 그래서일까. 도시의 높은 곳은 대부분 유명한 관광지가 되고, 당연히 그곳에는 많은 관광객이 북적인다.

도시의 풍경을 한눈에 담기 위해 오금이 저려도, 오랫동안 기다리는 수고도 꿋꿋이 참아내며 순서를 기다리는 사람들의 노력은 대단하다. 나는 줄서기를 끔찍하게 싫어해 줄 서서 차례를 기다리는 사람들만 구경하다가 터덜터덜 다시 내려오고 만다. 그래서 높은 타워나 빌딩보다 몇 시간을 끈기 있게 기다리는 사람들이 더 위대해 보일 정도다. 물론 '에펠

탑을 가장 잘 보기 위해서는 에펠탑에 오르지 말고 좀 멀찌감치 서서 바라봐야지' 하는 마음도 들기는 하지만.

'한 권으로 읽는 어쩌고저쩌고' 하는 책들이나 '한눈에 바라보는 풍경 어쩌고저쩌고' 하는 것들에는 쉬이 동의하기 어렵다. 한 도시나 심지어 한 나라를 놓고 한 권으로는 절대 이해할 수 없는 것들을 한 권 안에 쑤셔 넣는 짓이나, 도시 전체를 한눈에 바라보면서 도시 전체를 봤다는 만족감을 느낀다면 그건 그다지 똑똑한 감상이 아니다.

전망대에 올라 탁 트인 도시를 바라보았다고 해서 그 도시를 다 봤다고 말할 수는 없다. 사람들은 대부분 좁은 골목, 빌딩과 언덕 그 사이 어디쯤에서 하루를 시작하고 또 하루를 마감한다. 여행의 목적이 여행지의 삶과 사람 혹은 그 도시의 내밀한 풍경에 맞추어져 있다면 높은 곳으로 올라가 도시를 한눈에 보는 것보다는, 낮은 곳으로 내려가 막다른 골목길과 그 골목의 담벼락 앞에 한 번씩은 서 봐야 하지 않을까.

물론 길어봐야 1주일 정도 여정에서 뭐 그렇게까지 남의 내밀한 삶을 보려고 할까 싶기도 하다. 아름다운 것 혹은 아름답다고 알려진 풍경들을 확인하는 것만으로도 여행자의 시간은 빠르게 지나간다. 게다가 다만 여행일 뿐 내처 살려고 하는 것도 아닌데 여행지 속 사람들의 삶이나 퀴퀴한 냄새가 나는 골목 끝까지 굳이 기를 쓰고 찾아갈 필요가 있을까.

한 권이나 한눈에 읽고 본 것이 누군가에겐 파리이고, 뉴욕이고, 서울의 전부가 된다. 이 방식은 이미 누군가가 보고 느낀 것을 확인하고 동의하는 무척 명료한 감상법이다. 이렇게 보는 여행지의 풍경은 그곳이 어디라도 아름답고 밝고 화사하다. 모든 여행 책자의 첫 페이지나 모든 리조트 홈페이지의 초기 화면과 같으며 거기에는 늘 행복한 사람들이 웃으면서 관광객을 기다리고 있다. 좋은 음식과 따뜻한 잠자리, 안전한 모험, 설렘까지 계산에 넣은 잘 짜인 여정을 제공한다. 대부분은 그걸로도 충분할 수 있다.

하지만 혹여 줄서기를 싫어한다거나, 고소공포증이 있다거나, 보여주는 것이 아니라 숨겨져 있는 것을 보고 싶다면, 그렇다면 골목을 찾아 걷는 것도 좋다. 그렇기에 나는 내가 방문한 도시의 가장 높은 곳에서 내려가 좀 더 낮은 곳으로 가보곤 한다. 구글에서 찾지 못한 골목, 아이폰 지도도 망설이다 표시해 주는 그런 골목이야말로 그곳의 일상이라고 생각해도 좋다. 한눈에 도저히 알아볼 수 없는 골목, 책 한 권 안에는 절대 실리지 못할 그런 이야기들이 있는 곳이다. 구부러진 골목, 그곳은 사연 있는 노인의 굽은 무릎이고 여행 책자와 관광지 홈페이지 초기 화면에서 웃던 사람들이 돌아가 쉬는 곳이다.

　관광은 좀 더 높은 곳에서, 일상은 좀 더 낮은 곳에서만 가까이 들여다볼 수 있다.

모그바티스

파리 북역에서 떼제베(TGV)를 타고 네 시간이면 남부 해안 도시 뤼트낭에 도착한다. 이곳에서 다시 배를 타고 세 시간쯤 들어가면 마름모꼴의 작은 섬이 하나 나오는데, 이곳이 프랑스의 자치령인 모그바티스다.

20세기에 들어설 때까지도 이 섬은 아는 사람들만 알던 은밀한 곳이었다고 한다. 프랑스령이지만 간섭은 없었고, 자치 정부나 이렇다 할 행정조직도 없는, 그래서 언제부터인지 누구인지도 모를 자유민들이 살고 있었다. 이따금 나처럼 길 잃은 여행객들만이 간혹 들르는 곳이었다.

모그바티스가 매력적인 이유는 여권이 필요 없다는 데 있다. 사실 한두 세기 전만 해도 세상은 여권 없이도 얼마든지 돌아다닐 수 있었다. 굳이 내가 누구인지 증명하지 않아도,

내가 왜 이곳에 왔는지 말하지 않아도 되는 시대였다. 자유란 자기만의 이유이므로 누군가에게 설명할 필요가 없다. 이곳에서처럼 누군가에게 무엇이든 설명하거나 증명하지 않아도 되는 것이다. 나를 증명하는 일에 지친 여행자 입장에서 모그바티스는 분명 자유의 땅이었다.

모그바티스는 이렇다 할 무엇이 없다. 멋진 경관도 없고, 대단한 사건, 사고가 일어난 적도 없다. 그렇게 두 번의 세계대전도 이 섬을 비켜 갔다. 오랫동안 섬 밖에서 벌어진 모든 일과는 무관한 시대를 보냈다. 그것이 가능했던 까닭은 지리적으로나 경제적으로 뭐 하나 중요할 것이 없었기 때문이었다. 섬은 언제나 버려진 상태와 같았고, 그래서 이곳 주민들은 어떤 부침도 없이 살아올 수 있었다. 버려졌기 때문에 자유로울 수 있었고, 자유롭기에 안온할 수 있었다.

모그바티스는 작은 마을이다. 이곳 사람들은 섬의 4분의 1도 안 되는 공간에 모여 살았다. 그것도 이해하기 어려웠다. 섬의 어디라도 이곳의 땅에는 값이 없었다. 누구나 어디에나 집을 지을 수 있었고, 궁둥이를 붙이면 거기서 살아갈수 있었다. 굳이 옹색하고 궁색하게 옹기종기 모여 살 이유가 없어 보였다. 그런데도 이마를 맞대듯 다닥다닥 붙여 지은 집들과 마을을 보며 '왜 저러고 살지?' 싶었다. 마을의 촌장에게 이유를 물으니 그는 "사람처럼 집들도 서로 어깨를 기대는 편이 살기가 낫습니다"라고 말했다.

모그바티스는 촌장이 마을의 대소사는 물론이거니와 여러 분쟁을 조정하고 크고 작은 일들을 결정한다. 촌장의 결정이 법적 효력이나 강제력을 가지는 것은 아니다. 하지만 그가 결정을 내리면 누구도 더는 불만을 갖지 않는다. 사람들은 촌장을 두고 '이편도 저편도 아닌 사람'이라 말한다. 누군가 결정을 내려야 한다면 어느 편도 아닌 사람의 말을 들어야 한다는 것이 여기 사는 이들의 생각이라고 한다.

나는 촌장에게 물었다. "그건 민주주의도 아니고 대체 뭐죠? 어느 쪽이든 자신의 주장을 펴고 그걸 다수가 받아들이는 것도 아니고, 양쪽의 주장을 듣고 촌장이 결정하는 것 그것은 일종의 독재 아닌가요? 뭔가 이상하네요."

촌장은 대답했다. "민주주의요? 다수의 의견이 언제나 옳다고 생각하나요? 글쎄요, 민주주의는 종종 엉뚱한 선택을 하곤 하죠. 안 그렇던가요?"

모그바티스에서 지낸 지 1주일쯤 되는 날, 작은 고깃배를 타고 종일 바다 위를 오가며 분주히 무언가를 건져내는 사람을 만났다.

"도대체 뭘 건져내세요?"

"이곳에서는 사람들이 자기 고민을 바다에 던지는데, 생각이 가벼워 물 위에 뜬 것들을 건져내는 겁니다. 제때 건어내지 않으면 사람들의 고민이 많아지거든요."

"남의 고민은 건져서 뭐에 쓰시려는 겁니까?"

"이렇게 건져낸 고민은 서쪽 바위에 잘 펴서 말리는 겁니다. 어떤 사람들은 고민을 던져버리면 그만일 거라고 생각하지만, 고민이란 깊이 젖을수록 더 무거워집니다. 오히려 맑은 날 꺼내 잘 펴서 말려야 가벼워집니다. 던져버린 고민을 이렇게 건져내지 않으면 언젠가 큰 파도가 칠 때 고스란히 몰려들게 됩니다."

해거름에 해변 모래사장을 헤집으며 느릿느릿 지나는 소 한 마리와 몰이꾼도 보았다. 뭘 하는 것이냐고 묻자 "백사장 아래 묻혀있는 오래된 사람들의 지혜를 찾고 있다"고 했다. 나는 도무지 이해할 수가 없었다. 지혜와 같이 소중한 것을 파도가 조금만 밀려와도 쓸려가는 해변에 묻어 놓다니…… 왜 그 소중한 것을 거기에 묻어놓는 것일까 싶었다.

"당신은 지식과 지혜를 구분할 줄 모르는군요. 지식은 구하는 것이지만, 지혜는 발견하는 것입니다. 모래밭에 지식을 묻어놓으면 언제고 큰 파도에 쓸려 사라지지만, 지혜는 어떤 파도가 와도, 아무리 오랜 세월이 흘러도 그 자리에서 발견되길 기다리고 있습니다.”

나는 소몰이꾼이 노을처럼 휘적휘적 사라지는 모습을 한참 동안 보았다. 그러다가 갑자기 커피 한 잔이 마시고 싶어져 마을 유일한 카페인 '부서진 나뭇잎'으로 향했다.

'부서진 나뭇잎'에는 마을 사람들이 모여 있었다. 대부분의 주민은 매일 카페에 모여 커피를 마시거나 맥주나 와인을 마시는데 언제나, 누구든 지난밤에 꾼 꿈에 대해 이야기를 나눈다. 모그바티스의 사람들은 언제나 서로의 꿈을 경청하고 자기가 꾸었던 꿈을 말한다. 그래서일까 카페 구석에서 대화에 끼지 못한 사람들은 대개 전날 꿈을 꾸지 못한 사람들이다. 한결같이 시무룩한 표정들이었다.

이들에게 현실이란 꿈을 꾸기 위한 시간이고, 꿈은 현실에서 가장 중요한 이야깃거리였다. 꿈과 현실이 이렇게 뒤엉켜 있어도 되는 걸까 싶은 마음이 들기도 했지만, 그들은 꿈속에서 행복했고 그 행복을 현실에서 이야기하는 행복을 또다시 누리고 있었다. 오랫동안 꿈이 깨고 나면 현실에서 좌절했고, 절망했던 현실을 꿈에서 다시 만났던 나로서는 그저 부러운 일이었다.

모그바티스는 그런 곳이었다. 누구도 자신의 존재를 증명하기 위해 애쓰지 않아도 되는 곳, 각자가 가진 무거운 고민을 햇볕에 말릴 수 있고 모래사장을 걷다가 옛사람들의 지혜를 발견할 수도 있는 곳, 누구든 꿈을 꾸고 그 꿈에 대해 이야기할 수 있는 곳이었다. 처음 이곳에 왔을 때 평온해 보이는 사람들의 모습을 보며 나는 촌장에게 물었다.

"여기 사람들도 서로 갈등이 있을 거 아니에요?"

"갈등이 없는 곳이 어디 있겠습니까? 다만 우리가 서로 다르다는 것, 그것을 인정하면 갈등할 일이 뭐가 있죠?"

"나와 다른 사람들과 어떻게 함께 지낼 수가 있는 거죠? 이렇게 평온하고 행복하게?"

"모그바티스는 꿈속입니다. 그래서 행복한 곳입니다."

"이게 모두 꿈이라면 너무 허망합니다. 너무 허망해요."

"꿈과 현실, 그게 뭐 다른 건가요? 결국 꿈에서 깨어나서 꿈을 찾아가는 게 현실인 겁니다."

아버지 탁흥평 씨

　　여행 중에 딱 한 번 아버지의 전화를 받았다. 부
자지간이 다들 그런 건 아니겠으나 사실 마흔 넘은 아들과
일흔 가까운 아버지의 통화라는 게 참 할 말이 없다. 오냐,
가냐, 언제 오냐, 뭐 하냐, 밥은, 일은, 잘해라, 잘 먹어라, 됐
다, 그만해라 정도의 대화를 나누고 나면 아버지나 나나 더
는 나눌 이야기가 없었다.

　"어디냐?"

　"모그바티스요."

　"거긴 왜 갔는데?"

　"그냥요."

　"그냥 뭐 하러 거기까지 가냐, 비행기 타고."

　"생각 좀 정리하려고요."

"여기서도 정리 안 되는 게 거기 가면 정리되냐?"

"……."

"언제 오냐?"

"봐서 들어갈게요."

뭐, 이런 이야기들을 주고받았다. 아버지는 경북 포항 출신으로 베트남 참전 용사이며 오랫동안 직업군인이셨다. 일가 중에 누가 별을 달았다는 걸 평생의 자랑으로 여기는, 그래서 마흔 된 아들과 40년 동안 한 번도 정치적 견해를 같이한 적이 없는 그런 분이셨다. 하지만 작년에는 그런 아버지에게도 작은 변화가 있었는데, 처음으로 민주당 후보에게 투표하겠다고 선언하신 것이다. 이유는 간단하고 분명했다.

어느 날 아버지 집에 갔더니 상당히 못마땅하신 표정으로 상장 같은 걸 바라보고 계셨다. 자세히 보니 상장은 아니었고 국가유공자증이었다. 내가 아버지에게 "좋겠네. 아부지"라고 하자, 아버지는 "좋기는, 이게 뭐냐, 이게"라며 말씀하시길, "아니, 공은 내가 세웠는데, 왜 이명박이 이름이 내 이름보다 크냐?" 하시며 못마땅해하셨다.

뭐 이만하면 멋진 아버지라고 생각한다. 그러고 보면 아버지는 상당히 시크한 면모가 있었는데, 내가 이십 대 어느 생일에 아버지와 있었던 일은 지금도 생생하다.

'밥 냄새가 비릿하다'했던 것이 김훈이었는지, 황지우였는지, 아니면 내가 생각한 것이었는지 잘 모르겠다. 그냥 그런 시절이 있었다. 제대하고 더는 학교에 다니고 싶지 않았고 그렇다고 뭘 하고 싶은 일이 있지도 않았던 시절, 아침에 일어나면 하루가 통째로 놓여있어 도저히 감당이 안 되던 그런 시절 말이다. 때때로 그렇지 않은가? 젊음이란 그저 무력함의 다른 이름일 뿐이라는 생각.

　　　　고등학교 시절부터 꿈꾸었던 신춘문예에 매해 여지없이 미끄러졌던 시기였다. 막막한 일상과 더 막막한 미래 앞에 완전히 무력해져 있었다. 그 막막함이 어느 정도였는가 하면, 절망이 깊으면 분노도 사라진다는 걸 그때 깨달았던 것 같다. 나는 아침이면 일어나 낚싯대를 챙겨 들고 잡히지 않는 고기를 잡겠다는 생각도 없이 종일 낚시터에 하릴없이 앉아 허기와 싸우다가 돌아와 라면을 끓여 먹는 것이 하루의 전부였다. 사실 낚시도 가고 싶어 간 것은 아니었다. 무력한 자식을 바라보는 부모의 시선을 피하고 싶었다. 그건 뭐랄까, 서로를 증오하게 만드는 것 같았기 때문이다. 시간은 멈춰있었고, 모자(母子)는 냉랭했고 부자(父子)는 서먹했다.
　사실 그날도 특별할 건 없었다. 누구에게나 매년, 어김없이 찾아오는 지극히 평등하고 일상적인 날이었다. 스물네 번째였는지, 스물다섯 번째였는지…… 생일이었다. 나와 비슷한 절망적인 친구들을 만나고 싶지는 않았다. 절망이 절망과 만나는 건 좀 가혹하니까. 취업했거나 아니면 복학한 친구들도 만나고 싶진 않았다. 절망이 희망과 만나면 깊어지니까. 뭐, 그런 생각을 하며 잠이 깨버린 아침나절 내내 누워 있었던 것 같다. 모친의 잔소리와 빗자루로 방문을 치는 소리를 세어보면서 말이다. 아버지는 이미 나가신 후였다(당시 아버지는 실직 상태였다).

그날은 금요일이었다. 한두 달에 한 번씩 금요일은 집에서 구역예배가 있는 날이어서 아버지와 나는 그날이면 평소보다 일찍 집을 나서야 했다. 식탁 위에 올려져 있는 만 원짜리 한 장을 들고(이게 아마도 생일 선물 같은 것이었는지도 모르겠다) 집 밖으로 나서는데, 모친이 한마디 하셨다.

"일찍 들어오면 안 돼."

그때 그 말에 울컥했던 건 결코 내 생일이었기 때문이 아니다. 그냥 날씨 때문이었다. 너무 맑고 좋은 금요일이었으니까. 그날도 그렇게 낚시터에 가서 전날과 똑같은 시간을 보내고 집으로 돌아왔다. 모친은 어디 가셨는지 안 계시고 아버지는 혼자 TV를 보고 계셨다. 특별하지 않았다. 매일 똑

같은, 어김없이 볼 수 있는 그런 풍경이었다. 인기척을 느낀 아버지가 입을 여셨다.

"밥은 먹었냐?"

"라면 먹으려고요. 아버지는요?"

"……."

한동안 침묵이 이어졌다. 그리고 다시 아버지가 말씀하셨다.

"나가서 먹자."

나가서 먹자는 아버지 말씀에 울컥했던 것은 결코 내 생일이었기 때문은 아니었다. 나는 아버지와 마주 앉아 순대국밥 두 그릇을 시켰다. 부자는 말이 없었다. 그냥 각자의 국밥을 먹을 뿐이었다. 입을 쩍 벌리고 국물을 후루룩 마시고 뜨거운 순대를 입안에서 후후 돌려가며 땀을 닦으며 먹었다. 마지막 남은 국물을 먹기 위해 그릇을 비스듬히 세우고 바닥까지 벅벅 긁어가며 먹었다. 약간 짰고, 구수했고, 얼큰했다. 그때였다. 아버지가 말씀하셨다.

"네가 계산해라."

나는 갑자기 웃음을 참을 수가 없었다. 아버지도 따라 웃기 시작했다. 우리는 숟가락을 떨어뜨리고 허리를 붙잡고 아프도록 웃었다. 절망도, 지루함도, 보이지 않는 미래도 아랑곳없는 그런 웃음이 한동안 계속됐다. 서로 말은 안 했지만,

무엇보다 많은 이야기를 나눈 것 같은 기분이 들었다. 즐거운 밤, 즐거운 식사였다.

　　　　그런데 그날 저녁 국밥값을 결국에는 누가 냈었는지 기억나지 않는다. 누가 냈으면 어떠하랴.

이따금 세대 갈등이나 소통을 주제로 이야기할 때마다 나는 아버지와 아들은 많은 대화를 하면 안 된다고 말하곤 했다. "한 세대가 다른 세대를 이해하는 것은 원천적으로 불가능하다"고 이야기했었다. 그러면서 "아버지와 아들은 5분 이상 대화하면 안 된다. 더 이야기하면 싸운다"고 말하기도 했다. 그 생각은 지금도 다르지 않다. 하지만 이따금 아버지(혹은 다른 세대)는 나를 이해하지 못해도 인정하기는 한다는 생각이 들 때가 있다. 그리고 그것은 전혀 다른 문화와 세계관을 가진 한 세대가 다른 세대에 대해 가질 수 있는 최대한의 배려가 아닐까 싶다.

아버지는 전화를 끊기 전에 몇 마디를 더 하셨다.

"이왕 간 거 빨리 올 거 없다. 설은 네 엄마하고 둘이 지내면 된다."

"……."

"그리고, 뭐가 그렇게 확 바뀌는 거 없다. 그렇지만 안 바뀌지도 않는다."

"……."

"밥은 제때 먹어라."

트라팔가의 베개 싸움

영국에서 벌어먹고 사는 친구가 연락을 해왔다. 다음 주 영국에 오지 않겠냐며 아주 볼만한 이벤트가 있다고 말이다. "그게 뭐냐, 대체?" 물으니 트라팔가 광장에서 베개 싸움이 열린다며 베개는 빌려줄 테니 와서 한 판 뜨자는 거였다. 베개 싸움이라…… 하긴 토마토를 길바닥에 쳐 바르질 않나, 날개를 달고 언덕에서 날겠다고 허부적대질 않나, 심지어는 와인 통 속에 들어가 구르질 않나. 가끔 유럽 여러 나라에서 열리는 요상한 이벤트 소식을 듣기는 했지만 베개 싸움은 처음이라 다시 묻지 않을 수가 없었다.

"근데, 그거 왜 한대? 뭐 자선기금이라든지 그런 건가?"

"그런 건 아닌 것 같은데."

"그럼 침대, 베개 회사 이벤트?"

"아냐, 그런 거 아니고 봄이고 하니 그냥 하는 것 같아."

이왕 알려줄 거면 제대로 좀 알려주지. 허술하기는. 여하튼 신선하기는 했다. 가끔 파자마 파티 같은 걸 해보고 싶기도 했고, 또 언젠가 뉴스에서 보자니 뉴욕에서는 속옷만 입고 지하철을 타는 이벤트가 있어 무척 재미있어 보였는데, 베개 싸움도 만만찮게 재밌을 거라는 생각이 들었다. 그러면서도 계속 '대체 왜 하는 걸까?' 궁금해서 "그거 왜 하는 건지 좀 알아봐. 자세히" 하며 전화를 끊었다.

'분명히 뭔가 이유가 있을 거야' 싶은 생각이었다. 아무리 그래도 그렇지, 갑자기 아무런 이유 없이 사람들이 런던의 광장에서 베개 싸움을 할 이유가 없고, 또 한다고 해도 그거 하려고 베개 들고 사람들이 모일 것이라고는 믿기지 않았다.

그러나 잠시 후 전해진 문자에는 "그냥 하는 거래. 그냥"이라고 찍혀 있었다. '아! 그냥 하는 거구나.' 어느 날, 사람들이 그냥 모여서 서로 베개로 얼마든지 싸울 수도 있구나. 우레와 같은, 천둥 벼락과 같은 깨달음은 아니지만, 문득 그게 무엇이든 이유와 목적이 있어야만 한다는 내 오랜 생각도 일종의 강박이 아니었을까 싶어졌다.

기획할 때 가장 먼저 떠올리고, 끝까지 고려하는 것은 언제나 '의도와 목적'이었다. 몇십 명이 모이든, 몇백 명이 모이든, 어쨌든 모든 기획에는 분명한 의도와 그 의도가 담긴 내용이 있어야 마땅하고, 행사가 끝나면 참석했던 관객들이 의미 정도는 분명히 알고 돌아가야 성공적인 이벤트이며 축제라고 가르치기도 했다. 그래서 내용이 아무리 재미있고 그럴듯해도 목적과 의도가 분명하지 않은 기획들은 영혼 없는 예술가와 같다고도 이야기해 왔었다. 그런데 지금 다시 생각해 보니, 그런 관점이 반드시 맞는 것만은 아니겠구나 싶었다.

우리는 대부분 정해진 일들을 따라가며 하루를 보낸다. 거기에는 대개 마땅한 이유와 목적이 있다. 하지만 어떤 날은 아무 생각 없이, 아무 이유 없이 보내는 시간도 분명히 있다는 것을 나는 왜 인정하지 못했던 걸까? 게다가 사람들은 늘 '제발 이 지긋지긋한 일상에서 벗어나 아무 이유도 목적도 없이 사는 것'에 대한 로망이 분명히 있지 않았던가!

축제란 여행과 마찬가지로 일상으로부터의 탈출이고 의식적 행동을 통해 즐거움을 얻는 것이라기보다는 무의식, 맹목의 시간에 몸과 마음을 던져 말 그대로 미쳐버리도록 노는 것 아니었나? 수도 없이 많이 했던 공연에서, 또 그 공연의 후기에서 '제발 관객들이여, 자리에서 일어나 미쳐버려라. 뛰고, 구르고, 소리 질러라'라고 주문하면서도 자칭 '불세출의 연출가'는 끔찍하게도 매번 공연의 목적과 의도를 어떻게 하면 저들에게 알려줄까를 고민해 왔구나 싶었다.

일정도, 시간도 여의치가 않아 트라팔가까지는 못 갔지만, 또 아무리 할 일이 없다 해도 단지 베개 싸움을 하러 영국에 갈 상황은 아니었지만, 앞으로 뭔가 다시 만들기 시작한다면 이번에는 단지 재미만으로, 특별한 목적 없이 '그냥' 하는 것들도 해봐야겠다 싶다. 가끔은 말이다.

편지지

여행지에서 잊지 않고 들르는 가게는 엽서나 편지지, 펜이나 종이류를 파는 문방구들이다. 문구류에 대한 페티시(fetish)가 있는 건지 예쁘고 멋진 편지지와 만년필을 보면 기어이 들어가 만져보고 들춰보고 싶은 강렬한 욕망에 사로잡히곤 한다. 여행지 어디에서라도 유명한 문구점들은 한 번씩은 찾아가 보았고, 우연히 발견한 종이 가게에도 몇 번이나 들러 결국엔 필요 없을 물건들을 기어이 사기도 여러 번이었다.

이번 여행에서는 벼룩시장에서 멋진 펜과 잉크통을 샀고, 정교한 종이 장식의 카드들을 샀고, 시청 근처에서는 편지지와 종이를 사 모았다. 그간의 경험으로 보자면 문구류에 있어서는 일본이 종류와 디자인에 있어 최고라고 생각했는데,

프랑스에서도 꽤 멋진 물건들을 많이 볼 수 있었다. 물론 '북바인더' 같은 북유럽 브랜드도 디자인이나 질에 있어서 꽤 훌륭한 편이지만 이미 다국적 문구사가 된 까닭에 흥미가 덜하고, '델포익' 같은 일본 브랜드는 유럽보다 훨씬 유러피안 냄새가 나지만 그 역시 세계 어느 도시에 가도 만날 수 있다는 장점에 오히려 흥미를 잃었다.

내게 진짜 매력적인 편지지나 종이는 그 지역의 작은 가게에서 소량으로 만들어 파는 문구사들에 있는 것 같다. 아무래도 좋은 디자이너를 쓸 수 있는 큰 규모의 문구용품 브랜드보다 디자인은 좀 떨어지지만, 나무 선반에 놓인 몇 장 안 남은 편지지나 봉투에는 그 지역만의, 아니 그것만의 특별한 의미가 이미 담겨 있는 것 같은 생각에 혹하여 어느새 계산대 앞에 서게 되곤 한다.

내가 가지고 있는 몇 가지 취향과 취미 중에 그나마 가장 나은 것이 편지지와 봉투를 사 모으는 것과 편지 쓰는 것이지 싶다. 가끔 컴퓨터 오락에 빠져 며칠을 식음 전폐, 주침 야활 한다거나, 하루 종일 SNS를 붙잡고만 있다거나, 술만 마시면 가깝고 먼 사람들에게 전화해서 사랑한다고 말하고 후회한다거나, 끝내주게 잘 굶는다거나, 혹은 미친 듯 잘 먹는다거나 하는 것보다야 당연히 유용할 것이다.

여러 문구류 중에서도 특별히 편지지에 손이 더 가는데, 그 이유는 편지지를 고를 때마다 사뭇 진지하게 내 지난 삶을 반성하게 된다는 데 있다. 나이를 먹을수록 더 그렇다.

편지지를 앞에 두고 하는 반성은 언제부턴가 편지를 쓸 대상을 잘 떠올리지 못한다는 것에서부터 시작된다. 편지지를 좋아하는데 편지를 쓸 대상이 없다는 것은 처음엔 무척 당혹스러운 일이지만, 좀 더 진지하게 고민해 보면 그 당혹스러움은 내 퍽퍽한 인간관계와 메마른 정서에 있다는 사실을 깨닫게 해준다.

돌이켜봤을 때, 그러니까 내가 아무런 주저함 없이 편지지를 사던 때는 무척 정열적이었고 원만했으며, 뭔가 하고 싶은 이야기가 가득했고 뜨거웠으며, 그리워하는 대상이 있었으며, 누군가에게 헌신적이었다. 그래서 아름다웠던 시절이었다. 그러나 맘에 드는 편지지를 보았는데도 사지 않고 망설였던 때는 지쳐있거나, 심드렁하거나, 절망하거나, 좌절해있거나, 차가워진 상태이거나, 아무도 그립지 않거나, 물 받아 놓은 욕조를 바라보며 손목을 긋는 상상을 하거나, 분노하거나, 그래서 쌍욕이나 해대던 그런 시절이었기 때문이다.

요즘은 내내 그런 상태다. 편지지를 만지작거리고만 있다. 깊이 반성 중이다.

굿바이, 탁현민 프로덕션

　마음이 왔다 갔다 하긴 했지만, 원래 계획은 해외에서 좀 더 오래 머무르는 것이었다. 한 1년쯤 바깥에서 빈둥거리면서 있을 생각이었다. 돌아가 봐야 딱히 할 일도 없고, 이런저런 일들에 치이고 싶지도 않고, 그렇다고 새로운 뭔가를 만들어서 사람들에게 들이밀기도 조금 이르다는 생각도 들었다.

　가까운 사람들도 대개는 그게 좋겠다고 했고, 작업실 정리와 프로덕션 정리만 하고 나면 나도 홀가분하게 혼자가 되어 시간을 가질 수 있을 터였다. 대충 그렇게 마음먹고 나니 제일 찜찜한 것은 지난 3년 동안 함께 공연을 만들어 온 조연출들이었다. 늘 험한 공연, 제대로 준비도 안 된 일에 밀어넣고 닦달했던 그들에게 참으로 미안하지 않을 수 없었다.

그들은 늘 시키는 일을 하느라 정신이 없었고, 대개의 찬사는 내가 홀로 다 받았었다.

선거가 끝나고 나 하나 돌볼 경황도 없어 훌쩍 떠났을 때, 그들은 묵묵히 사무실을 지켜주었다. 여행이 길어지면서 일을 하는 것도, 안 하는 것도 아닌 어정쩡한 상태에서도 아무 말 없이 기다려 주었다. 이제나저제나 내가 오기만을 기다리던 그들에게 결국 프로덕션을 접어야 하는 상황을 설명하는 것은 상상하는 것만으로도 지치고 마음 무거운 일이었다.

현실적으로 프로덕션을 계속 꾸려가는 것은 불가능해 보였다. 이쪽 일이라는 게 기본적으로는 기업이나 단체의 의뢰를 받아 공연이나 행사를 만드는 것인데, 노무현 대통령의 추모 공연 이후로 지난 5년간 그런 일들이 들어오지 않은 지 이미 오래였고, 그런 공연이나 행사가 아니라면 자체적으로 기획을 해서 콘텐츠를 만들어야 하는데 선거 이후 그걸 해볼 엄두도 동력도 없어졌으니, 엄살이 아니라 정말 할 일이 하나도 없게 되어버렸다.

이제 와 생각하면 참 야무진 꿈이었으나, 원래 계획은 멋지게 선거에서 이겨 취임식과 축하 공연을 연출하고 그동안 못해왔던 음악 공연, 문화 공연의 새로운 기획을 해볼 생각이었다. 그리고 그걸 위해서 작업실부터 여러 가지를 차근차

근 준비했었는데, 일이 이렇게 되니 준비한 만큼 부담이 되고 짐이 되어버리고 말았다.

어찌 되었든 전화로 "프로덕션 접으니 각자 살길 찾아라" 하고 끝내기엔 낯짝의 두꺼움이 모자랐다. 파리에서 너무 외로웠기에 그들이라도 보고 싶기도 했다. 해서 그들을 파리로 불렀다. 비록 안 좋은 결말이고 하기 어려운 말이지만, 그래도 얼굴 보며 하는 편이 나을 것도 같고 그래야 좀 덜 미안할 것 같았다. 다행스럽게도 몇 달 만에 보는 조연출들의 표정은 밝았다. 물론 그 밝은 표정을 보는 내 마음은 그리 편치 않았다.

'아, 뭐라고 말해야 하나…….'

너무 무책임하다는 생각과, 능력도 없어서 저 셋을 데리고도 아무것도 못 하는구나 싶은 마음에 속이 참으로 쓰렸다. 그 셋은 꼭 나와 함께했기 때문이라서가 아니라 정말 일 잘하는 조연출들이었기 때문이다. 아무것도 모를 때 들어와서 맞지만 않았지 온갖 욕을 먹으면서도 꿋꿋하게 잘 버텨주었던 이들이다. 정치적인 공연이라고 대관을 안 해주면 대관 담당자와 맞짱을 뜰 정도로 배짱도 있고, 드세고 꼬장꼬장한 스텝들과도 별문제 없도록 잘해주었다. 바쁠 때는 1주일에 두세 개씩 각기 다른 콘셉트의 공연을 사고 없이 몇 해 동안 만들어 내며 일했던 친구들이다. 이제껏 공연을 만들어 오면서 가장 뜨겁고 열정적으로 함께 일해 주었던 조연출들이었다.

그러고 보니 우린 여러 일을 함께 겪기도 했다. 완전히 망한 '탁현민의 시사콘서트'도 이들과 함께였고, 문재인의 첫 북콘서트도 이들과 함께였다. '문재인 북콘서트'의 주제가 '운명'이라고 했더니 타이틀 영상의 배경음악을 '데스티니'로 만들어와 자칫 지루해질 뻔한 공연을 유쾌하게 시작할 수 있었던 것도 이들의 공이었다. 그런가 하면 언젠가 거제 공연에서는 공연이 끝난 뒤 다음 날 서울 공연이 있어 새벽에 올라가야 하는데, 차 열쇠를 차에 넣고 잠가버려서 섬에서 오도 가도 못하게 만들어 버리기도 했고, 2012년 12월 대선 유세 때는 서울에서 부산까지 하루에 여섯 개 지역의 유세 현장을 세팅하고 빠지며 '사람은 죽도록 일해도 쉽게 죽지 않는다'는 말을 확인시켜 주기도 했었다. 'YB 콘서트', '김제동 콘서트', 여러 인디밴드 공연, MBC 파업 지원 공연 등 정말 수도 없이 많은 문제작을 함께 만들었는데, 결국 이렇게 끝낼 수밖에 없다고 그들에게 이야기해야 한다는 것은 무척 비통한 일이었다. 그러나 어쩔 수 없는 일이기도 했다.

내내 망설이다가 파리에서 떠나기 전날에야 그들을 불러 모아 겨우 입을 떼었다. "예상했겠지만, 아무래도 프로덕션을 접어야 할 것 같아. 정말 미안해. 이건 너희들 잘못이 아니고 전적으로 내 한계인 것 같아. 그동안 고마웠고, 언제든 어디서든 또 보게 되면 그때는 더 잘해보자.”

그렇게 2013년 ‘탁현민 프로덕션’은 깃발을 내렸다. 공연이 세상을 바꾸지는 못하지만, 공연으로 사람들의 마음을 바꿀 수 있다고 믿었던 것이 문제였을까? 아니면 모든 예술은 정치적이고 정치적이지 않다는 것이야말로 정치적인 태도라고 믿었던 게 문제였을까? 그도 아니면 지지하던 후보의 정치적 패배가 그를 지지했던 사람들의 밥벌이를 위협하는 천박한 시대 탓일까?

그러나 솔직히 말하자면, 그저 내 능력의 모자람이 아마도 가장 큰 이유가 아닐까 서글프게 생각하기도 하면서.

굿바이, ‘탁현민 프로덕션’.

흔들릴 때 흔들리겠다

북극을 가리키는 나침은 무엇이 두려운지 항상 여윈 바늘 끝을 떨고 있습니다. 여윈 바늘 끝이 떨고 있는 한 우리는 그 바늘이 가리키는 방향을 믿어도 좋습니다. 그러나 그 바늘 끝이 전율을 멈추고 어느 한쪽에 고정될 때 우리는 그것을 버려야 합니다. 이미 나침반이 아니기 때문입니다.
—신영복, 〈지남철〉.

나는 조지 오웰과 존 레넌을 좋아한다. 그들의 글과 음악은 내가 길을 잃었을 때, 그래서 갈피를 잡지 못할 때 언제나 정확한 방향을 가르쳐 주었다. 그 방향을 따라가다 보면 어느새 잃어버렸던 길을 다시 찾곤 했다.

하지만 이번엔 달랐다. 뉴욕에서 존 레넌의 마지막 흔적이 있는 스트로베리 필즈에서 서성여 봐도, 파리와 런던에서 조지 오웰을 몇 번이나 다시 읽어봐도, 내가 어느 방향으로 가야 할지 도무지 알 수가 없었다. 그것은 그들이 더 이상 방향을 일러주지 않아서가 아니었다. 그들은 언제나처럼 분명하게 방향을 가리키고 있었으나, 너무도 분명하게 가리키고 있었으나, 내가 들은 노래와 읽은 글 어디에서도 '바늘의 떨림' 같은 미세한 전율이 느껴지지 않아서였기 때문이다.

나는 무언가 '절망'을 듣고 싶었다. 도저히 어쩌지 못하는 '포기'를 읽고 싶었다. 단호한 메시지와 희망의 노래에 지쳤고, 그것이 가리키는 방향의 완고함에 기진맥진했다. 왜 존 레넌은 자기가 꿈꾸는 세계가 오지 않음을 노래하지 않았던 걸까? 왜 조지 오웰은 당대는 물론 후대에도 실현되기 어려울 사회민주주의의 요원함에 대해 쓰지 않았던 걸까? 그들의 바늘은 왜 단단히 고정되어 있는 걸까? 왜 미세하게라도 떨고 있지 않는 걸까?

나는 떨고 싶었다. 좌절과 절망의 이야기들을 쓰고 싶었다. 냉소와 무지, 다시는 주어지지 않을 것 같은 미래의 두려움을 이야기하고 싶었다. 졌다고 이야기하고 싶었고, 그래서 흔들린다고 이야기하고 싶었다.

나는 떨고 있다. 두려워하고 있다. 확신하지 못하고 있다.

그런 이야기들을 쓰고 싶었다. 세상을 다 아는 것은 아니지만, 세상이 그렇게 녹록지 않다는 것 정도는 알게 되었고, 절망과 희망이 경계를 두고 맞붙어 있는 것이 아니라는 그런 이야기를 쓰고 싶었다.

"절망에 관한 이야기와 좌절에 대한 고백이 무슨 소용이냐?"고 묻는 사람들이 있다. 소용없다. 쓸모없고, 쓸데없다. 나도 그걸 모르지 않는다. 하지만 좌절과 절망, 의심과 회의야말로 나침을 떨게 만드는 것은 아닐까 싶다. 그리고 나침이 떨고 있는 한 그 나침반은 여전히 정확한 방향을 우리에게 일러주고 있는 것이다.

그러니 나는 이제 흔들릴 때 흔들리겠다. 멈추지 않겠다.

제주의 일상에서 하찮은 것의 소중함을 알았고, 부족한 것의 풍족함을 알았고,
단순한 것의 복잡미묘함을 알게 되었다.
태풍이 불던 삼일 낮과 밤 동안 갇혀 있으면서 받아들이는 법,
고개 숙이는 법을 배우며 밤새 조금은 겸손해지기도 했다.
잡히지 않는 물고기를 기다리며 먹고 산다는 것에 대해, 왜 그것이 비린내 나는 일인지,
또한 그 비린내가 얼마나 싱싱한 것인지도 알게 되었다.
조간대 바위틈에서 성게 하나 꺼내 들었다고 쌍욕을 하면서 달려드는 섬사람들의
쌀쌀맞음과, 뒤엉킨 낚싯줄을 하나하나 풀어주고 잡은 물고기를 고기반찬이나 하라며
주고 가는 훈훈함이 한 끗 차이라는 것도 알게 되었다.

3부   당신의 서쪽에서

3부는 저자가 2014년부터 2016까지 쓴 글들을 모은 책
《당신의 서쪽에서》의 글 일부를 선별해 수록한 것이다.

제주 끝물

　　나도 제주에서 살아보려고. 아직은 그저 바람일 뿐이지만, 이렇게 말해도 이제는 누구도 이상하게 생각하지 않는다. 굳이 내가 아니어도, 누구라도 누군가에게 제주에서 살고 싶다고 이야기하는 게 요즘은 특별하게 들리지 않는다. 제주는 이미 반드시 땅값이 오를 신도시처럼 다들 살고 싶은 곳이 되었다. 꼭 가서 눌러사는 것이 아니더라도 여행을 하거나 한 달만이라도 살고 싶은 곳이 된 지 오래다.

　서울에서 한 시간 반. 날만 잘 잡고 시간만 잘 선택하면 십만 원에 왕복 비행기표를 살 수 있고, 단돈 이만 원이면 아침까지 먹여주는 숙소를 구할 수도 있는 곳. 올레길도 바다도 오름도 값을 매길 수 없는 풍경을 값을 치르지 않고 얼마든지 볼 수 있고 즐길 수 있는 곳. 장필순이 살고, 최성원이 살고, 이효리가 산다는 새로운 신화를 따라 걸으면 성게, 소라가 발에 걸려 자꾸만 넘어지고, 살아 꿈틀거리는 문어가 라면 따위에 아무렇지도 않게 들어가 있으며, 가로수 아래 사시사철 귤이 길바닥에서 썩고 있는 곳. 포구에 나가 버려진 물고기들만 주워와도 종일 자연산 회를 먹을 수 있다는 곳. 그리고 요즘은 홍대나 강남에서나 볼 수 있는 첨단의 세련미가 섬의 낭만과 공존하여 마침내 이 시대의 유토피아가 완성되었다는 바로 그 제주.

그러니 그게 누구든 '나도 제주에서 살아보려고'라는 말에 '왜'라고 묻지 않는 것은 너무도 당연하다.

그뿐인가 곶자왈, 이름 모를 숲길만 걸어도 불치의 병이 나았다는 간증이 흔하디흔하고, 그런 제주에 내려와 잠시 지내다 보면 제아무리 모태 솔로라고 해도 제주를 닮은 남자나 여자를 만나 사랑을 나누고 한적한 해변 마을 어디쯤에서 7시면 문을 닫고 1주일에 이틀을 쉬는 자신들의 카페를 하게 된다는 전설을 직접 목격했다는 이도 부지기수다. 그렇게 바람은 기도가 되고, 기도는 신화가 되고, 신화는 전설이 된다. 그리고 전설은 마침내 사람들을 그곳으로 인도하는 별빛이 되는 것인지도 모르겠다.

생각해 보면 나도 그 별빛의 인도하심에 따라 제주를 꿈꾸게 되었다. 그리하여 전설의 이 빠진 돌담 한 귀퉁이에서 구멍 난 사연이라도 되고 싶었다. 진심으로 그래도 좋다고 생각했다. 처음 제주 이야기를 쓰겠다는 마음을 먹고 이런저런 이야기를 들려줬을 때 친구는 내 작업실 소파에 앉아서 빈정거렸다.

"끝물이야. 제주도 요즘 끝물인 거 몰라? 아 정말 모르는구먼. 너 관광지라는 건 말이야, 먼저 유럽 사람들이 신천지를 발견하면, 그다음 미국 사람들이 와서 관광지로 개발하고, 그다음에 일본 사람들이 돈을 쓰다가, 중국 사람들 오면 끝나는 거야. 근데 끝물에 무슨 얘길 쓰려고."

맞는 말이었다. 실제로 지난해 중국 관광객이 천만 명을 넘었고, 쓸 만한 땅은 이미 중국 사람들에게 넘어갔다는 풍문이 들려오고, 그들이 단체로 쏠고 다니는 덕분에 유서 깊고 풍광 좋은 곳들은 이미 장바닥이 된 느낌이니까.

게다가 막상 제주 이야기를 쓰겠다며 정리해 보니 여름 한 철 보냈던 시간이 너무나 짧고, 겪었던 일, 보았던 것, 들었던 이야기들은 참으로 빤해서 물먹은 횟감처럼 물컹하니 맛이 안 났다. 미리미리 배를 따고 소금을 쳐서 꾸덕꾸덕 말려 놓았어야 했는데, 노는 데 정신이 팔려 그냥 던져 놓았던 까닭이었다.

그러니 원래부터 제주에 살았던 사람들의 속 깊은 성찰도 아니고, 사연을 가지고 이주해 온 사람들의 부대끼는 삶의 이야기도 아니고, 하다못해 가볼 만한 곳, 먹을 만한 곳을 친절하게 소개하는 여행안내서도 아닌 것을 굳이 쓰려고 하는 이유가 필요했다.

꼭 끝물이어서가 아니라, 친구 말 때문이 아니라, '에라 관두자' 싶은 생각에 밀쳐 두기도 했다. 굳이 쓸데없는 말, 쓸모없는 생각들을 꺼내 봐야, 출판사도 망하고, 나도 망하니까. 그리고 망하는 건 이제 좀 지긋지긋하니까.

그렇게 제주를 좀 밀쳐놓고 일상으로 돌아가야겠다고 마음먹었었는데, 진짜로 그랬었는데, 꼭 책으로 엮이지 않아도 여름내 했던 생각들, 보았던 풍경들, 만났던 사람들과 그들에게 들었던 이야기며 함께 만들었던 이야기들이 이 여름을 끝으로 사라지겠구나 하는 생각에 좀 서글펐다.

일상은 기록됨으로써 역사가 되고 역사는 읽힘으로써 미래가 되는 법인데, 비록 그것이 나의 한 시절, 여름 한철의 기록일 뿐이지만 뭐 그리 대단한 역사나 미래가 되지는 않겠지만, 잊기 아쉬운 것들도 더러 있다는 생각이 들었다. 작지만 감동이 있고, 유용하지는 않지만 그럴듯한 정보들도 더러 있고, 배를 잡고 뒤집어질 정도는 아니지만 간혹 피식거리는 이야기들도 있구나 싶었다.

누구의 삶이든 어떤 삶이든, 특별히 대단한 삶이라는 게 따로 있는 것이 아니라는 말에도 용기를 얻었다. 대단한 삶이란 그리 대단치 않은 것들을 차곡차곡 쌓아 놓은 것이라는 생각도 들었다. 그렇다면 별것 아닌 것들을 별스럽게 이야기하고, 하찮은 시간의 부스러기들을 긁어모아 켜켜이 쌓아두어야 할 이유는 충분하지 않을까 싶은 생각도 들었다.

돌아가신 할머니는 전쟁통에 있었던 일들과 당신의 삶을 늘 영화 같다고 하셨다. 누가 그 이야기를 좀 써 주었으면 싶다고 내내 말씀하시다가 돌아가셨다. 할머니가 돌아가시고 난 후 할머니 이야기가 남겨져 있었다면, 솜씨 좋은 누군가의 손에 영화가 되고 소설이 되었을 텐데 싶을 때가 종종 있다.

그러던 중 SNS에 올린 내 애절한(?) 제주 찬가를 못마땅하게 생각하는 글들을 보게 되었다. 이유인즉, 제주에서 제대로 살아보지도 않은 주제에 치열한 삶의 공간인 이곳을 지나치게 미화하여 사람들을 미혹했다는 것이었다. 얼마든지 그렇게 생각할 수도 있겠다 싶었다. 하지만 100년을 살았다고 해서 그곳을 알 수 있는 것도 아니고, 치열한 삶의 공간이라고 해서 그곳의 매력이 없어지는 것은 아니다. 사는 사람이 보지 못하는 것을 지나가는 사람이 볼 수도 있는 법이다.

제주에서 여름을 보내고 매주 제주에 내려가게 되면서 나는 "마흔에 제주를 만난 것이 얼마나 큰 축복이고 행운인지 모르겠다"고 말하곤 한다. 아마 내가 좀 더 일찍 제주를 만났더라면 심심했을 것이고, 더 늦게 만났더라면 많이 후회했을 것이다.

결국 제주 이야기를 쓰기로 했다. 그곳의 일상에서 하찮은 것의 소중함을 알았고, 부족한 것의 풍족함을 알았고, 단순한 것의 복잡미묘함을 알게 되었으니까. 태풍이 불던 삼일 낮과 밤 동안 갇혀 있으면서 받아들이는 법, 고개 숙이는 법을 배우며 밤새 조금은 겸손해지기도 했다. 잡히지 않는 물고기를 기다리며 먹고 산다는 것에 대해, 왜 그것이 비린내 나는 일인지, 또한 그 비린내가 얼마나 싱싱한 것인지도 알게 되었다. 조간대 바위틈에서 성게 하나 꺼내 들었다고 쌍욕을 하면서 달려드는 섬사람들의 쌀쌀맞음과, 뒤엉킨 낚싯줄을 하나하나 풀어주고 잡은 물고기를 고기반찬이나 하라며 주고 가는 훈훈함이 한 끗 차이라는 것도 알게 되었다.

나는 이 대단치 않은 부스러기들을 긁어모아야겠다고 생각했다. 제주 이야기들을 도시 사람들, 육지 것들에게 말해

주어야겠다고 생각했다. 섬사람들이 사는 법, 제주의 아름다움을 먼저 찾아낸 사람들의 이야기, 그리고 이제 와 넋을 잃고 있는 나의 사연들. 그 모든 이야기를 뜨내기니까 부담 없이 내지를 수 있다고 생각했다.

결국에는 제주도라고 했을 때 "정말 애잔하다. 이젠 돈도 떨어진 거구나. 뉴욕, 파리 이런 데 돌아다니더니 제주도라니" 했던 친구에게 한마디 한다.

"근데 말이야, 다녀봤더니 여기가 제일 낫더라."

추의 느린 집

　　추소명, 이제 서른 하나. 많지 않은 나이에 '추'는 자기 집을 가졌다. 민박을 하기 위해 헌 집을 새집처럼 고쳤다. 방이 네 개에, 마당이 있고, 옥상이 있고, 텃밭이 있고, 함께 밥 먹을 수 있는 식당이 따로 있고 작은 연못도 있는 집. 서울이라면 꿈도 못 꿀 일이라고 부러워했지만 '추'는 예의 그 느릿한 말투로 말했다. "그래봐야 전형적인 제주 하우스 푸어예요."

　지난해 봄 제주를 여행하다가 게스트하우스 스태프로 일하게 되었고, 제주가 좋아져 어렵게 집을 구했고, 두부를 만들고 싶었는데 방법을 몰라 언젠가는 해보리라 마음먹으며 아쉬운 대로 키우는 개 이름을 '두부'라고 붙인 후에 민박을 시작했다고 한다.

'추의 작은 집'. 게스트하우스나, 펜션이나, 렌트하우스 같은 그럴싸한 이름들도 있는데, '추'는 꼭 자기 집을 '민박'이라고 말한다. 굳이 차이를 따지자면 게스트하우스는 침대 하나를 빌려 쓰는 도미토리 형태이고, 펜션은 방 몇 개와 거실까지 빌려주는 것이고, 렌트하우스는 집 전체를 빌려 쓰는 것이라 방 하나를 내주고 거실과 식당을 같이 써야 하는 '추'의 집과 다르지만, 꼭 그래서라기보다는 '민박'이라는 말이 왠지 더 집의 분위기나 자기 생각과 맞는 느낌이 든다고 했다.

그래서일까. 매일 아침 '추'는 손님들을 위해 아침 식사를 차린다. 텃밭에 방치(?)해 놓은 채소들을 따오고, 직접 드레싱을 만들어 샐러드를 준비하고, 커피를 내리고, 제주에서만 맛볼 수 있는 한라봉 잼과, 뜬금없는 필라델피아 크림치즈와, 신선한 감귤주스와 토스트를 준비한다. 꼭 아침을 해줘야 하는 것은 아니지만, 사실 밤마다 메뉴 걱정에 잠을 설치지만, 그래도 한다.

"다들 먹기는 해?"

"그럼요. 한 번도 안 먹은 사람이 없어요" 하는 것으로 보아 맛이 있거나 아니면 방을 빌리는 비용에 포함되어 있다고들 생각하는 게 틀림없다.

내 기억을 더듬어 보면 예전 민박집들은 아침을 차려주었던 것 같다. 고등학교에 들어가기 전 거제도로 생애 처음으로 혼자 여행을 한 적이 있었는데 거제도 민박집에서 주인아주머니는 아침을 먹으라며 나를 깨웠다. 꽃 그림이 그려져 있는 스뎅 밥상에는 이미 식사 중인 주인아저씨가 있었고 아주머니는 아랫목에서 밥 한 공기를 꺼내 내 앞에 놓아주었다.

그렇게 예전 민박집들의 아침이란 것이 대개 주인집 아침상과 같은 반찬에 밥 한 공기 더 얹어 내는 것이었지만 '추'는 자기는 아침을 잘 먹지도 않으면서 손님들 아침은 꼭 챙긴다. 아침을 차리고 나면 '추'는 청소를 시작한다. 침구를 정리하고, 떠나는 손님들을 배웅하고, 새로 올 손님들 맞을 준비를 한다.

나는 여행의 마지막 한 주를 그 집에서 보냈는데, 무엇보다 나를 위해 깔려 있는 이불이 참 좋았다. 이불을 깔아주다니! 그것은 쿠션 좋은 침대 위에 깔끔하게 정리되어 있는 시트와는 분명히 다른 느낌이었다. 바닥에 깔린 요와 잘 개켜진 여름용 이불, 돌돌 말린 수건과 들꽃 한 송이가 놓인 그 방에서 나는 일곱 날 동안 나른하게 참 잘 잤다.

"진상 부리는 손님들은 아직 없어?"

"쌤 빼고는 없어요. 쌤이 제일 말이 많아. 시집살이 하는 거 같아."

올여름이 민박집 시작이었던 터라 방이 비는 날이 많은 것 같아 안타까운 마음에 이것저것 참견했는데, 신경 쓰였나 보다. 하지만 그러든가 말든가. "손님들에게 손 글씨로 편지도 쓰고, 동네 가볼 만한 곳도 표시해서 지도도 만들어 놓고, 떠날 때는 꼭 사진을 한 장씩 찍고 잊을 만할 때 보내도 주고, 밤이면 혼자 놀지 말고 손님들 불러내 술도 마시고 그러라고" 하며 잔소리를 늘어놓곤 했다.

그런데 어쨌든 민박집이라는 게 그렇게 살뜰하게 손님들을 맞아도 간혹 정말 이상한 사람들을 만나기도 하는 것 같다. "방이 정사각형이 아니잖아요"라며 환불해 달라는 사람도 있었다 하고, 조식을 안 먹을 테니 방값을 깎아 달라는 사람도 있었고, 한여름에 보일러 틀 것도 아니면서 보일러가 안 돌아가는 거 아니냐고 트집인 사람도 있었다고 한다.

그러니 "거봐, 나는 정말 편한 손님이잖아"할 만하다는 생각이다. 언젠가 "조식을 한정식으로 차려서 교자상에 들고 한복 입고 들어와서 다 먹을 때까지 기다렸다가 뒷걸음질 쳐서 나가는 서비스를 받고 싶다"고 한 적은 있지만 그건 농담이었고, 뭐 '추' 역시 들은 척도 안 했으니까 내가 '진상'은 아니겠지.

다소 느린 성격 탓에 게스트하우스를 하는 혜심언니나 펜션을 하는 효주언니에게 늘 "나무늘보 같다"며 '추늘보'라는 이야기를 듣던데, 같이 살아(?)보니 정말 느리기는 하더라. 아침이면 늦었다고 하면서도 샐러드용 채소를 따다 말고 한참이나 거미줄을 바라보질 않나, 커피를 내리다 말고 음악을 듣느라 또 한참을 보내질 않나, 빨래를 널다 말고 옥상에서 무슨 생각을 그리하는지 퍼질러 앉아 다시 한참을 있는다.

내가 "빨리빨리 해. 좀 빨리" 그러면, '추'는 한참을 망설이다가 느릿한 말투로 말한다. "제가요, 빨리하라는 말 정말 싫어해요. 빨리빨리 하라는 말 싫어서 제주도 왔는데." 도시에서 직장 생활을 하며 가장 많이 들었던 말이 '빨리빨리'였고, 하도 그런 말을 듣다 보니 왠지 자기가 일을 못하는 것만 같았다고 한다. 그리고 무엇보다 다들 그렇게 자기를 답답하게 보는 것 같아서 힘들었단다.

결과적으로 일을 못한 것도 아니고 완성도가 떨어진 것도 아니었는데, 게다가 그렇게 서둘렀던 사람들보다 더 낫기도 하고, 서둘러 끝낸 사람들을 보면 일 끝내고서는 하릴없이 서성일 뿐이던데 왜들 그렇게 서두르는지 싶었다고 한다. 제주에 와서 지내면서 '아! 사람마다 저마다의 속도가 있는데, 나는 다른 사람의 속도보다 느린 것뿐이야'라고 생각하게 되었고, '자신의 속도대로 살 수 있는 방법을 찾아야지' 싶어 이곳에서 이렇게 사는 것이라고 했다.

그 말을 듣다가 나는 문득, 이 집이 '추의 작은 집'이 아니라 '추의 느린 집'이었어도 좋았겠다 싶었다. 도시에서의 속도, 우리가 일상적으로 달려왔던 속도보다 느린 집. 느릿느릿 일어나서 느릿느릿 밥을 먹고 쫓기지 않으며 하루를 시작하고, 느지막이 잠들 수 있는 그런 집. 다만 며칠이라도 그런 것을 경험할 수 있는 집이었어도 좋았겠다 싶었다. 여전히 심드렁한 표정으로 느릿하게 저쪽으로 걸어가는 '추'를 보며 한마디 했다.

"그럼, 추, 서둘러, 어서 서둘러. 빨리하지 말고 서둘러서 하라고."

돌돔의 추억

　　섬에서 살아보기로 결심했을 때 원칙을 하나 만들었다. 이제부터 고기는 잡아먹고 살자는 것이었다. 눈만 뜨면 바다고 잘만 보면 물고기인데, 쌀이나 김치 같은 것은 어쩔 수 없더라도 내가 먹을 고기는 스스로 잡아서 먹어야겠다고 생각했다. 어떻게 잡을지는 나중에 고민하기로 하고 일단 그렇게 하기로 마음부터 먹었다.

　몇 차례의 장기 여행을 해보니 긴 여행일수록 먹는 고민이 적잖고 사 먹는 밥이라는 게 한두 끼니면 몰라도 매번 식당을 찾아다니는 것도 만만찮았기 때문이다. 게다가 앞으로 꽤 오랫동안 특별한 일도 없이 지내게 될 텐데, 하루 세 끼, 아니 한두 끼니라도 스스로 준비해서 먹고 치우는 것도 시간 보내는 데 좋을 것 같았다. 무엇보다 내가 내 힘으로 먹을 것을 장만하는 경험도 해보고 싶었다.

돌이켜보면 마흔이 넘을 때까지 나는 내 입에 넣는 것을 내 힘으로 장만해 본 경험이 없었다. 늘 누군가, 그것도 누군지 알지도 못하는 사람들의 도움을 받아 살아왔다. 가끔 내가 한참 잘못 살았던 것이 아닐까 싶어질 때가 있는데 아마도 그 이유 중 하나가 여기에 있지 않나 싶다. 땅도 없고 경험도 없어 농사를 짓거나 하지는 못하겠지만 물고기 정도는 잡아먹을 수 있지 않을까 만만하게 생각했던 것도 물론 있었다.

제주에 도착하자마자 짐을 풀고 가까운 하나로마트에 가서 쌀과 김치를 샀다. 그리고 고기를 잡으면 손질할 칼을 사는 것으로 이번 여행 중 먹는 고민은 끝났다고 생각했다. 약간은 자신도 있었다.

도착한 날부터 준비해 온 낚싯대를 들고 방파제로 향했다. 미끼와 밑밥을 사러 들렀던 낚시점에서 내가 사실 낚시 좀 다니는 사람인데 여기만 처음이라는 투로 "삼촌, 여기 어디서 던져야 좀 나옵니까?"라며 호기롭게 묻자 낚시 가게 주인은 밑밥을 개다가 날 쓱 쳐다보며, "아무 데나 던지면 됩니다" 하며 더는 대꾸가 없었다.

더 물을 수도 없고, 어떻게든 되겠지 하는 심정으로 차귀도 앞 방파제로 향했다. 거기엔 이미 여러 명의 낚시꾼이 낚시를 하고 있었다. 전문 낚시꾼으로 보이는 사람들이었다. 주걱으로 밑밥을 담아 던지는데, 정확하게 찌가 있는 곳에 던지는 모습에 기가 죽었다. 밑밥의 반은 발밑으로 떨어져서 발아래가 온통 밑밥투성이인 나와는 비교할 수 없는 상대들이었다.

하지만 포기할 수는 없었다. '고기는 잡아먹고 살자'는 원칙을 정한 첫날인데 시작도 하기 전에 끝낼 수는 없었다. 아찔할 정도로 위험한 해안가 테트라포드를 거의 기다시피 내려가 채비를 꾸렸다. 처음 만져보는, 사면서 보았을 때는 이렇게 길지는 않았는데 싶을 만큼 엄청나게 긴 낚싯대에 이게 맞나 싶은 심정으로 어렵게 바늘을 달고, 미끼를 꿰고, 드디어 낚싯대를 던졌다. 아니 던졌다고 생각했다.

그런데 뭔가 이상했다. 찌는 물 위에 닿지도 않았고, 낚싯대는 이미 휘어져 있었다. 뭐지, 이거?' 싶어 살펴보니 바늘이 바로 앞 따개비에 걸려 있었다. 주섬주섬 낚싯대를 놓고 걸려 있는 바늘을 빼려다 마침 철썩이는 파도에 온몸이 흠뻑 젖었다. 어렵게 빼낸 바늘에 다시 미끼를 꿰려는데, 이번에는 손가락이 바늘에 찔렸다.

"아…….."

그사이 테트라포드에 걸쳐놓은 밑밥 통은 파도에 쓸려 눈

앞에서 왔다 갔다 하고, 낚싯대 끝에서 꼬여버린 낚싯줄을 풀려고 낚싯대를 빼내다가 뒤에 서 있던 사람을 쿡 찌르기까지 했다. 울고 싶었다. 나는 어쩌자고 고기를 잡아먹겠다고 생각했으며, 어쩌자고 이런 전문 꾼들이 낚시하는 포인트에 겁도 없이 내려왔으며, 어쩌자고 여기서 온몸이 젖은 채로 낚싯대를 가랑이에 끼고 서 있는가 싶었다. 앞으로의 제주 생활이 절대 만만하지 않을 것이라는 서늘한 예감과 작열하는 6월의 햇살이 나를 꼼짝달싹 못 하게 만들고 있었다.

얼마나 그러고 서 있었을까. 줄을 풀려고 애를 쓸수록 더 꼬이고, 바늘은 빼내려고 애를 쓸수록 더 파고들고, 밑밥 통은 잡으려고 허우적거릴수록 더 멀어져만 가는데, 그때 저쪽에서 낚시를 하던 어떤 삼촌이 떠밀려 간 밑밥 통을 잡아 내게로 갖다주는 게 아닌가.

"이 사람 낚시할 줄 모르는구먼."

"어…… 아니에요. 잘해요. 여기가 처음이라 그래요."

"목줄을 이렇게 길게 쓰면 안 나와, 여긴."

"……."

"목줄을 2미터 잡고, 바로 앞에 밑밥 뿌리고, 저기 차귀도 쪽으로 던져 넣어. 던진 다음에 저 옆으로 밑밥 한 번씩 주고."

그러고는 자기 자리로 돌아가는 '삼촌'에게 나는 "감사합니다, 감사합니다, 감사합니다"를 연발하며 가르쳐준 대로 줄을 다시 연결하고, 위치를 다시 잡고, 낚싯대를 던졌다. 입질도 없고 뭐 이렇다 할 만한 아무것도 없었지만, 낚싯대를 무사히 던졌다는 사실과 찌 비슷한 위치까지 날아는 가는 밑밥을 보며 다소간 안도할 수 있었다.

그사이 옆에 삼촌은 연신 "왔어, 왔어", "웃샤, 뱅에돔이다"를 외쳤고 나는 그 모습을 그저 바라만 보고 있었다. 어느새 해가 지기 시작했다. 삼촌은 낚싯대를 걷으며 "여긴 이제 물 때 끝났어. 접고 가소" 하며 멀어져 갔다. 그러나 나는 좀 더 서 있기로 했다. 방파제에서, 바로 바다 앞에서 처음으로 혼자 맞는 일몰이었다. 앞으로 두 달간의 제주 생활, 그 첫날의 해가 지고 있었다. '첫날이니까. 그래 첫날이니까. 오늘은 이렇게 그냥 가고. 가는 길에 해물 뚝배기나 한 그릇 사 먹자. 첫날이니까.'

더 늦으면 테트라포드 위로 기어오르는 게 걱정이 돼 슬슬 낚싯대를 걷으려는 찰나, 정말 거짓말같이 뭔가 묵직한 느낌과 함께 찌가 수욱 수면 아래로 들어갔다. 언뜻 희고 검은 줄무늬가 보였고, 난 정신없이 릴을 감았다. 돌돔이었다. 돌돔을 어떻게 걸어 올렸는지, 바늘은 어떻게 뺐는지 모르겠다. 고기 잡아 두는 통을 미처 준비하지 못해 밑밥 통에 그대로 돌돔을 넣으면서 아! 나는 결국 눈물을 찔끔거렸다. '아, 먹고 산다는 것, 밥벌이는 다만 비릿한 것이 아니라 눈물 나는 일이구나' 싶었다.

나도 모르게 "삼촌"을 외쳤다. "삼촌, 삼초온, 삼초온~."

낯선 사람을 왜 그렇게 불렀는지는 잘 모르겠다. 아마도 그가 꼭 봤으면 싶었을 것이다. 나도 잡았다는 걸, 나도 낚시 할 줄 아는 사람이란 걸 보여주고 싶었다. 지금이라도 그 삼촌, 다시 만나게 되면 좋겠다. 그때 내가 잡았던 돌돔 사진이라도 꼭 보여주며 말하고 싶다.

"나도 낚시 좀 해요."

사람들

　　　　오랫동안 바다 근처를 어슬렁거리며 사람들을
지켜보곤 했다. 바다를 목적지로 온 사람들, 그들은 바닷가
에 도착해서 대개 멀찌감치 먼저 바다를 바라보곤 했다. 마
치 한눈에 다 담아내려는 듯 해변을 중심에 두고 좌우로 쓸
어 담았다. 그러고는 급한 걸음으로 혹은 조금 있으면 없어
지기라도 하는 듯 서둘러 갯가로 달려갔다.

　물론 기껏 달려가서는 그저 "아", "와", "우와"와 같은 한두
마디 감탄사를 내뱉거나, 기껏해야 "아, 바다다!"라고 말하
며 다시 멍하니 바라보곤 했다. 어떻게 하고 싶은데, 방법을
모르겠다는 얼굴들이었다. 몇몇은 첨벙거리며 무릎 깊이까
지 걸어 나가거나, 굳이 안 들어가겠다는 일행의 손을 잡아
끌며 실랑이하거나, 그러다가 둘 중 하나가 자빠지거나 하다

가 대개는 십여 분도 안 되어 돌아 나왔다. 나와서는 "다 젖었어, 어떡해"라고 말했다. 바다를 만나 하는 일이 고작 이렇다니 싫은 마음이 들었다.

언제부턴가는 동네 사람들을 지켜보기도 했다. 동네 사람들은 바다에 그냥 나오는 법이 없었다. 산책이라도 맨손으로 나오는 법이 없어 손에는 언제나 비닐봉지 하나라도 들려 있기 마련이다. 그들은 북적이는 모래밭, 관광객들 틈바구니에서도 언제나 발아래 물속 어딘가를 쳐다보거나 갯가 바위틈으로 걸음을 옮겼다. 그리곤 그게 무엇이든 거두어 봉지에 담았다. 보말이라도 따고 해초라도 뜯었다. 하다못해 쓰레기라도 줍거나 주워서 멀찌감치 던지곤 했다. 절대 저기 먼 바다를 바라보거나 감탄사를 내뱉거나 하진 않았다. 그저 조용히 봉지를 채우고 다시 집으로 돌아들 갔다.

가끔은 신기한 모습을 보기도 했다. 협재 앞바다에서 비양도로 해가 떨어지기 시작하면 해변의 사람들은 일제히 그쪽을 향해 서는 것이었다. 어렸을 적에 매일 오후 여섯 시가 되면 일제히 국기에 대한 맹세를 할 때처럼, 극장에서 애국가가 울려 퍼지면 일제히 일어설 때처럼 모두가 국기를 향해, 아니 서쪽을 향했다.

사람들은 카메라를 꺼내고 부산하게 사진을 찍다가도 정

작 해가 가장 아름답게 저물기 시작할 때면 말없이 서쪽을 바라보았다. 누군가 조용히 하라고 한 것처럼 떠들면 이 바다에서 쫓겨날 것처럼. 성수기의 해변이 이토록 조용해질 수 있다는 것이, 저 사람들에게 이런 침묵이 숨어 있었다니 싶을 정도의 놀라운 고요였다. 아이가 무슨 짓을 해도 그냥 놔두던 젊은 부모들까지 첨벙이는 아이들의 손을 붙잡고 저무는 쪽을 향하게 만드는 석양의 숙연함이라니.

그것은 스러지는 것에 대한 본능적 슬픔 같은 것일까? 저물어 가는 것에 대한 경외 같은 것일까?

일상의 속도보다 훨씬 느린, 어쩌면 지루할 정도로 천천히 저물고 있는 일몰을 본다. 마치 처음 보는 것처럼, 마치 다시 못 볼 것처럼 바라본다.

바다에서 나와 오름에 오를 때도 사람들을 보았다. 바람 부는 날, 금오름. 거기에는 언제나 태어나서 처음이라는 표정으로 바람에 두들겨 맞는 사람들이 있었다. 그렇게 바람을 맞으면서 좋아 죽겠다는 표정으로 오름 정상에 선다. 정상에 서서는 결국 돌아와야 할 자리를 향해 커다랗게 한 바퀴를 걷는다.

오름 위를 걸을 때 사람들은 절대로 그냥 걷는 법이 없다. 평생 쳐다도 보지 않았을 들꽃들과 갈대들과 강아지풀 따위를 만지거나 보거나 꺾어가며 걷는다. 죽이자고 꺾는 것이 아니라 좋아서 꺾는다. 모자에 꽂고, 머리에 꽂고, 상대에게 쥐어도 준다.

그러고는 한동안 부르지 않았을 노래를 흥얼거린다. 앞사람이 부르기 시작하면 뒤에 있는 사람도, 그 뒤에 있는 사람도 흥얼거린다. 그렇게 꽃을 꽂고 노래하면 일행 중 누군가는 꼭 말한다. "너, 꽃 꽂았어." 그러면 미친년처럼, 미친놈처럼 웃는다. 그렇게 한 바퀴를 돌아와서는 언제 그랬냐는 듯 꽃과 풀들을 털어내고 차에 오른다.

가끔, 몇몇은 뒤를 돌아본다. 나와 눈이 마주친다.

신창리 우럭

밤낚시의 묘미는 한두 가지가 아니다. 남들 돌아올 때 찾아가는 역행의 맛이 있고 모든 소음을 쓸어낸 적막의 맛도 있다. 넓은 바닷가에서 홀로 불 밝히는 맛도 있고 달빛을 머플러처럼 걸치고 텅 빈 마을 길 걸어 돌아가는 맛도 있다. 그리고 새벽 5시에 회 떠 놓고 한잔하는 맛도 빼놓을 수 없다. 사람이 밤에 하는 짓이 몇 가지 되는데, 가장 훌륭한 게 이 짓이다.*

밤낚시든, 낮 낚시든 어떻게든 물고기를 잡아야 했다. 적어도 물고기만큼은 돈 주고 사 먹지 말자는 결심을 하는 순간, 내게 낚시는 레저가 아니라 생활이 되었다. 돈을 주고 차

* 한창훈, 《내 밥상 위의 자산어보》, 문학동네, 2014.

귀도에서 배를 타고 나가면 뭐라고 잡을 수야 있겠지만, 배 타는 값을 생각하면 그건 레저지 생활 낚시는 아니었다.

제주에 내려오기 전에 《○○낚시 100문 1000답》이라는 책을 샀다. 책을 살 때는 무심했는데, 책을 읽을수록 아! 왜 100문 1000답인지 알 수 있었다. 낚시는 절대 만만한 게 아니었다. 절대적인 상수가 존재하지 않는 것이 아니라 무수한 변수의 연속 조합이었다. 평생을 도시에서 살고 책으로 낚시를 배우겠다는 내게 물때와 수온, 바람과 조류, 날씨와 물색의 조합은 고차원 방정식이었다. 낚싯대, 릴, 찌, 바늘, 미끼는 도저히 이해할 수 없는 미적분과도 같았고, 여(물속에 잠겨 보이지 않는 바위)와, 갯바위, 선상, 방파제에서의 낚시가 다르다는 사실을 알게 되었을 때 결국 나는 목덜미를 붙잡고 쓰러졌다.

난해하고 어려워 도저히 풀어낼 수 없는 수학 문제 같았다. 그리고 책의 마지막에 쓰여있는 결정적 한 마디. "모든 낚시는 운칠기삼이다." 운이 칠 할이면, 기술이 삼 할이라는 말. 아니 이 모든 걸 알아도 운이 나쁘면 못 잡는다는 말 아닌가? 인터넷에 조황을 자랑하는 낚시 블로거들과 자신이 잡은 물고기를 손에 쥐고 사진을 찍는 그 모든 낚시인의 위대함 앞에 머리를 조아리고 싶었다. 하지만 그 운칠기삼이라는 말은 비록 기술이 없어도 혹은 몰라도 운이 좋으면 잡을 수도 있다는 의미도 있지 않은가? 나는 그 말을 믿기로 했다. 아니 너무나 믿고 싶었다.

낚싯대를 챙겨 가까운 동네부터 던져 보았다. 일부러 낚시꾼들이 있는 곳은 피했다. 길을 잘못 들어도 절대 물어보지 않는 남자 운전자들 같은 마음이었다. 꾼들이 서 있는 옆에서 던지기에는 내가 좀 부끄러웠고, 괜히 줄이나 엉키지 않을지, 눈총이나 비웃음을 받지 않을지 조심스러웠다. 어차피 바다는 넓으니 굳이 그 사람들 옆에 설 이유도 없다고 생각했다.

한림 방파제, 그 바다에 눈으로도 보이는 큼지막한 물고기들을 향해 던져보았고, 옹포 횟집 앞 외항의 구석 자리에도 던져 보았다. 적어도 고기가 내 눈앞에 보이니까, 눈에 보이니 어떻게든 잡을 수 있겠지 하는 심정이었다. 그러나 내가 간절하면 간절할수록 고기는 절대 바늘을 물지 않았다. 바로 눈앞에서 왔다 갔다 하면서도, 고개만 돌리면 보일 만한 곳에 던져 놓았는데도, 물지 않았다.

한 번이라도 낚시를 해 본 사람은 안다. 물지 않는 고기를 한 시간쯤 바라보면 정말 울고 싶은 심정이 된다. 어쩌다가, 정말 어쩌다가 바늘 끝을 톡톡 건드리던 놈들도 귀신같이 미

230

끼만 따먹고는 유유히 사라지는데, 물 맑은 협재 바다에서 그 모든 광경을 두 눈 뻔히 뜬 채 보고 있다는 건 지독한 고문이었다. 한참이 지나고서야 눈에 보이는 고기는 절대 바늘을 물지 않다는 것을 알았다.

스스로와의 약속. 적어도 물고기는 사 먹지 말자는 약속을 지키기 위해 많은 날 햇반에 라면을 끓여 먹었다. 낚시할 만한 곳을 찾아 자전거를 타고 돌아다녔다. 점점 더 멀리, 점점 더 많은 시간 동안 바퀴를 굴리며 낯선 길 위를 달렸다.

어느 날, 처음엔 무슨 조형물인지도 몰랐는데 가까이서 보니 분명 자바리 모양 조형물이 서 있는 한적한 바닷가를 발견했다. 풍력발전기가 돌고 있는 신창리 해안이었다. 내만까지 깊숙하게 물이 들어왔다 빠져나가는 그곳에는 이쪽 끝에서 저쪽까지 바다 위로 다리가 놓여 있었다.

'바다 위로 다리를 내다니!' 뜻밖의 풍경에 감탄하며 다리 위로 올라갔다. 마침 만조라 물은 교각 아래까지 가득 차 있었다. 그리고 바로 그 다리 아래로 엄청난 크기의 물고기들이 왔다 갔다 하는 게 보였다. 이곳에서 낚싯대를 던지면 분명히 물어줄 것 같은 강렬한 느낌이 들었다.

허겁지겁 자전거를 타고 집으로 돌아와 낚싯대를 챙긴 뒤 전속력으로 다시 신창리로 향했다. 보물이 있는 장소를 지도도 없이 찾아낸 기분이었다. 정신없이 다리 위로 올라가 바늘을 달고, 미끼를 꿰고는 낚싯대를 던졌다. 아니 내렸다고 하는 게 맞겠다. 다리 위에서 아래로. 그러자 '휘리릭' 줄이 풀리면서 낚싯대를 끌고 가는, 이제껏 느껴보지 못한 강력한 힘이 느껴졌다.

정신없이 감아올리며 낚싯대가 부러지지 않을지, 줄이 끊어지지는 않을지 싶었던 걱정만 떠올랐다. 도망치려는 힘과 잡아 올리려는 힘이 낚싯줄과 바늘 사이에서 만나 팽팽하게 부딪쳤다. 그 순간 잔뜩 구겨진 셔츠가 세탁소 증기다리미에 닿는 순간 쫙 펴지는 것 같은 느낌과 함께 다리 위에서 펄떡이는 우럭 한 마리. 나중에야 그게 그렇게 큰 고기도 아니고, 그 정도로 낚싯대가 부러지지도 않는다는 걸 알았지만 그때 잡은 우럭은 내 힘으로 잡은 가장 큰 생명체였다.

나는 흥분했고, 당황했다. 잡혀 올라온 우럭도 마찬가지였다. 황당하다는 표정과 눈동자, 그 젖은 눈망울은 정확히 나를 바라보며 이 숨 막히는 상황을 이해할 수 없다는 표정으로 '대체 넌 누구냐'는 듯 껌뻑이고 있었다(나중에 생각해 보니 물고기는 눈썹이 없으니 눈을 껌뻑이지는 못했을 것이다).

그랬거나 말거나, 드디어 나도 제주의 '생활 낚시꾼'이 되어 생선이 있는 밥상을 차릴 수 있게 되었다는 기쁨이 밀려

왔다. 돈을 주고 배 타고 나가 뱃삯에도 못 미치는 고기를 잡으며 손맛을 느끼려는 이른바 '레저용 낚시'가 아니라 먹기 위해, 살기 위해, 수컷으로서 먹을 것을 마련해 낸 그런 기분, 몹시 장한 그런 기분 말이다.

세상엔 남의 것을 사 먹는 사람과 자기가 직접 잡아먹는 사람이 있고, 사 먹는 사람은 대개 잡아먹는 사람을 측은하게 생각하곤 하는데, 이제 내가 잡아먹는 사람이 되어보니 세상에 돈을 주고 사서 먹는 사람만큼 불쌍한 사람은 없는 것 같았다. 잡는 기쁨은 사 먹는 기쁨에 결코 비할 바가 아니다.

다리 끝에서 신창리 풍력발전기가 힘차게 돌며 찌릿찌릿한 전기를 만들어 내고 있었다.

혜심언니

혜심언니는 매우 친절하다. 게스트하우스를 하는 혜심언니네 집에는 매일 스무 명이 넘는 사람들이 찾아온다. 모두 낯선 사람들이지만 집에 들어오는 순간 다들 식구가 된다. 단 하룻밤뿐이라도 한 지붕 아래서 자며 자신의 이야기를 하고 서로의 이야기들을 듣는다. 개중엔 그러다가 눈이 맞아 진짜 식구가 된 사람들도 있다고 한다.

그녀는 잠자리만 마련해 주는 것이 아니라 넉넉하게 밥을 지어 나눠 먹이기도 하고, 여기저기 갈 만한 곳들을 일러주기도 한다. 유독 한 번 다녀간 사람들이 다시 찾아오는 경우가 많다는데 그건 이런 이유 때문일 것이다.

한 번은 혜심언니가 밥 먹으러 오라고 해서 갔더니 햇반에 묵은지뿐이었다. 그것뿐이어도 사람을 불러 밥을 함께 먹을 수 있는 것. 그것이 친절이지 싶다.

 '친절한' 혜심언니는 꽃을 좋아한다. 제주에서 피고 지는 꽃들의 이름과 풀들에 대해 거의 다 알고 있다. 길을 걷다가 예쁘다 싶어 사진을 찍어 보내면 단박에 무슨 꽃인지 알려준다. 그러곤 "아, 이뻐. 어쩔"한다. 사람에게도 '너, 참 예쁘다'고 하면 정말 예뻐지는 것처럼 혜심언니는 꽃들을 예쁘게 만들어 주는 법을 알고 있는 것 같다. 그녀가 보여준 꽃들은 그래서 다 예뻤다.

 오랫동안 나에겐 '큰 건 나무고, 작은 건 풀'일 뿐이었는데 모든 나무와 풀에 이름이 있고 꽃이 있다는 것, 그 꽃들이 저마다 다른 모양이며 심지어 이유도 있다는 걸 알려준 것도 혜심언니였다.

 내겐 다 꽃이거나 잘해봐야 조금 다른 꽃이었던 게, 그녀에겐 제비꽃이고, 도라지꽃이고, 갯불금초이고, 마농꽃이고, 순비기나무꽃이고, 절굿대이고, 백리향이고, 범꼬리고, 오리풀꽃이고, 달맞이꽃이었다. 그 꽃이 이 꽃을 말했던 건 아니었겠지만, "내가 그의 이름을 불러주었을 때, 그는 내게 와서 꽃이 되었다"는 김춘수 시인의 시처럼 꽃은 꽃의 이름으로 불러주었을 때 비로소 풀이 아닌 꽃이 된다는 걸 혜심언니는 알고 있었다.

친절하고 꽃을 좋아하는 혜심언니는 겁이 없다. 좀 힘에 부치고 어려울 만한 일도 "하면 되죠" 하며 진짜로 한다. 신창리에서 낚시로 잡은 펄떡펄떡 뛰는 우럭쯤은 단숨에 횟감이나 구이용으로 만들어 버린다. 내가 면장갑을 두 장씩 끼고는 칼을 갈고, 비늘을 벗기고 어쩌고 하면서 우럭 한 마리를 붙잡고 애원하는 동안 혜심언니는 무딘 부엌칼 하나로 순식간에 포를 떠 놓고 매운탕거리까지 손질해 놓는다.

어느 순간 내 어획량이 늘면서 물고기를 잡아 올 때마다 그걸 손질해 주던 혜심언니는 "어렸을 적에 엄마가 '힘든 거, 고된 거 그런 거 나서지 말고, 잘하지 마. 잘하면 네가 다 해야 해'라고 하셨다"며 "지금 보니 그 말이 딱 맞다"며 웃었다. 싱싱한 우럭의 목을 치고 내장을 가르는 혜심언니가 얼마나 매력적인지 순간 반할 뻔한 적도 여러 번이었다.

친절하고, 꽃을 좋아하고, 겁이 없는 혜심언니는 이제 혼자다. 누구는 그 사실만으로도 이미 그녀가 측은하게 보인다는데, 정작 혜심언니는 잘 먹고, 잘 놀고, 잘 지낸다. 2년 전, 제주에 내려왔던 그녀의 남편은 그녀가 매일 쳐다보는 금능 앞바다에서 그녀를 떠났다. 아무 말도 남기지 못한 채 갑자기 떠났다.

"물이 들고 날 때마다 가끔 마지막에, 그 마지막 순간에 그 사람이 나와 아이들에게 뭐라고 했을 것 같은데, 그 말이 너무 듣고 싶을 때가 있어요."

언젠가 그녀가 먼저 힘든 이야기를 꺼낸 참에 늘 궁금했던 것을 물어본 적이 있다.

"그런 일을 겪으면 보통 떠나고 싶지 않나요? 쳐다보기도 싫고, 생각하기도 싫고, 잊고 싶고, 멀리 다른 곳에서 살고 싶지는 않았나요?"

"글쎄요. 그 사람 그렇게 가고 육지에 가서 장례를 치르면서 그 시간 내내 전 여기 협재와 금능 바다가 너무 그리웠어요. 너무 그리워서 눈물이 날 정도로. 그리고 다시 이곳으로 돌아오는 비행기에서 정말 즐거웠어요. 너무 즐겁고 행복해서 잠깐 웃기까지 했을 정도로."

나는 알 것도 같고, 모를 것도 같고 그랬다. 혜심언니의 무척 가냘픈 어깨가 애잔하기도 하고, 나보다도 어린 그녀가 무척 크고 강해 보이기도 하고 그랬다. 혜심언니는 친절하고 꽃을 좋아하며 겁 없이 산다. 낮에는 제주의 들꽃들을 찾아다니고, 밤에는 고민과 사연들을 안고 제주로 온 사람들에게 꽃 같은 이야기를 들려준다.

혜심언니는 제주 협재에 산다. 일렁이며 출렁이며 씩씩하게 산다.

외로움에 관한 생각

한 번이라도 외로워서 "외롭다"고 소리 내어 말해본 적이 있는 사람은 안다. 외로움이 얼마나 힘든 것인지.

외로움이 얼마나 힘든가 하면 '외롭다'고 발음하는 것조차 힘들다. 전설원순모음인 '외'는 대개 '왜'로 발음되는데, 아무리 노력해도 '외'라는 발음은 물 건너가고 '왜'가 되곤 한다. 제대로 발음하는 것부터 어렵고 힘든 일이다. 게다가 어렵사리 '외롭다'라고 말하는 순간 외로움은 다만 생각에서 벗어나 온몸을 관통한다. 누군가의 노래처럼, 총 맞은 것처럼.

섬에 있으면서 나는 주로 외로웠다. 혼자가 되고 싶어 섬에 왔으면서도 혼자 있으면 자꾸 누군가를 그리워하기만 했다. 가끔 친구들이 다녀가기도 하고 여행 온 사람들과 만나기도 했지만, 며칠 지나 다들 집으로 돌아가면 외로움은 마치 고리의 빚처럼 불어나 도통 감당이 안 되었다. 함께 있다 떠나는 사람 마음도 그렁그렁했겠지만, 비어 있는 신발장과 접힌 빨랫대, 두고 간 책 한 권과 잘 개켜놓은 이불을 바라볼 때마다 '아, 이제 다시 혼자가 되었구나' 싶은 마음에 몹시 저릿했다.

외로워서, 외로움에 관한 글들을 찾다 보니 어느 창백한 시인은 이렇게 써놓았다. "외로우니까 사람이다." 하지만 이런 말은 위로가 되지 못했다. 외로움이 모두가 겪는 일이라면 그것은 별로 외롭지 않은 것이다. 외로울 때 전혀 알지 못하는 누구도 지금 외로우려니 싶은 생각은 절대 들지 않는다. 그건 차라리 위로에 가깝다. 외로움은 다른 사람이 아닌 오로지 자신만 느끼는 것이다. 그러니 "외로우니까 사람이다"라는 말은 틀렸다.

오히려 시인의 자서에 쓰인 "세상엔 견딜만한 외로움이 있고 견디기 힘든 외로움이 있다"는 말에 이르러서야 비로소 고개를 끄덕일 수 있다. 견딘다는 말에는 이미 외롭다는 느낌이 들어앉아 있고, 외로움이 힘에 부치는 이유는 결국 견디기 힘든 외로움을 견뎌야 하는 것에 있다고 나는 읽었다.

전화기만 들면 언제든 그리운 사람의 목소리를 들을 수 있고 공짜로 얼굴을 보며 이야기할 수도 있고 미주알고주알 문자를 주고받을 수 있는 요즘 같은 시대에 무슨 외로움이냐고 묻는 사람들도 있다. 그러나 허기졌을 때 음식 사진을 보는 것만으로는 허기가 사라지지 않는다. 오히려 더 배가 고파진다.

외로울 때 주고받는 연락은 외로움을 풀어주기보다 외로움에 그리움을 더할 뿐이다. 요즘 같은 시대에도 사람들이 여전히 외롭고 누군가를 그리워하는 이유가 나는 여기에 있다고 생각한다.

긴 여름 내내 외롭고 그리운 날들을 보내면서 이 세상 모든 외로움의 이유가 그리움 때문이란 걸 알았다. 동시에 그리움이 외로움의 이유라는 것이 이 모든 외로움을 견디게 해준다는 것도 알았다. 대상이 있다는 것, 구체적이든 막연하든 그리운 누군가 혹은 무엇이 있다는 것은 오늘 이 외로움을 참을 만하게 만들어 준다. 죽을 것 같지만, 죽지 않게 만들어 준다.

그래서 어쩌면 외로워서 다행이다. 어쩌면 정말로 불행한 것은 외롭지 않은 것일지 모른다. 그립지 않은 것일지 모른다. 외롭지도, 그립지도 않고 사는 것일지 모른다. 외로움은 내가 가장 그리운 사람이 누군지를 분명하게 일러주고, 잊고 있던 기억을 되살려 주고, 잃어버린 꿈을 그려준다. 그러니 외로워 말라가 아니라 차라리 외로워져라.

외롭고 외로워서 그리운 사람을 찾으라. 거기서 누군가도 당신을 그리워하고 있으리라 믿으며.

날짜는 잊어도 날씨는 안다

　　종종 날짜를 잊었다. 대체 오늘이 며칠인지, 무슨 요일인지 생각이 나지 않았다. 한갓지던 협재해수욕장이나 금능해수욕장에 차들이 들어차면 그제야 '아, 주말이구나' 싶고, 혜심언니의 게스트하우스나 추의 작은집이 썰렁하게 느껴지면 '아, 월요일쯤 됐겠군' 싶었다. 도시에서 월간, 주간, 일간에 더해 시간 단위로 끊어 살던 기억이 너무도 아득해서 괜히 불안해지기까지 했다.

　　그런데 나야 일 없는 여행하는 처지니 그럴 수 있다 쳐도 이곳에 사는 혜심언니나 추나 효주도 별반 차이가 없었다. 간혹 모여 이야기를 하다가 누군가 "오늘이 며칠이지? 무슨 요일이지?" 하면 다들 한참 대답을 못 하고 휴대폰이나 다이어리를 뒤적이곤 했다.

오늘이 며칠인지를 잊고 산다는 것은 어제와 별반 다르지 않은 오늘과 내일이 이어진다는 것과, 날짜보다 중요한 무엇이 있다는 것인데 날짜를 잊고 사는 사람들에게 중요한 것은 '날씨'였다.

제주의 변화무쌍한 날씨는 종일 기상청 예보를 살펴보게 했고, 아침저녁으로 꼭 몇 번씩 확인하게 했다. 사람들은 누구라도 날짜는 몰라도 날씨만큼은 분명하게 알고 있었다. 세 시간 간격으로 예보되는 날씨를 확인하는 것은 물론 자신만의 기상 예측도 열심히 했다. 구름의 흐름이나 바람의 세기, 그리고 파도의 높이까지 고려해 각자의 예보를 만들어 낼 정도로 날씨에 민감했다.

아침 바람이 습하고 무거우면 저녁엔 반드시 비가 온다거나, 중산간의 구름이 얼마쯤 지나면 이곳 한림까지 내려온다거나, 제비들이 유난히 낮게 날며 분주하면 오후에 후텁지근할 것이라든지, 매미가, 개구리가, 물색이, 파도가, 석양이, 달무리가, 어떻다는 걸로 어떻게 해서든 날씨를 알아내기 위해 다들 노력했다.

날짜를 헤아리며 사는 것과 날씨를 예측하며 사는 삶은 어떻게 다른 걸까?

도시에서의 삶이란 결국 끝없는 약속과 정해진 기한과 계획과 그것들을 점검함으로써 하루를 보낸다. 날짜와 시간을 몰라서는 이런 것들이 제대로 될 턱이 없다. 하루에도 몇 번씩 다이어리를 살펴야 하고, 시계를 쳐다봐야 하고, 알람을 울리고 다시 그 알람을 재설정하는 일을 반복한다. 그래야만 실수가 없고, 그래야만 별 탈 없이 살 수 있다.

하지만 섬에서 날짜와 시간은 그리 중요하지 않다. 예컨대 고기를 잡는 데 특별한 약속과 기한이란 것은 무의미하다. 그것은 오로지 바다 상태와 날씨에 따라 달라질 뿐이다. 내가 오전 11시에 참돔을 잡겠다고 결심한다고 해서 그게 나오지도 않을뿐더러, 내가 저녁 6시에 금오름에서 해지는 것을 보겠다는 것은 나만의 희망 사항일 뿐이다. 참돔도, 금오름도 그 모든 것은 날씨가 결정한다.

2박 3일간의 제주도 여행에서 도착하면 한수풀식당에 가고, 오후에는 저지오름에 갔다가, 저녁에는 신창리에서 해지는 풍경을 보고, 다시 아침에는 차귀도에서 잠수함 투어를 하겠다는 야무진 계획을 세워온 커플이 있었는데, 그들은 결국 종일 내리는 비에 어쩔 줄 몰라 하다가 결국 카페에 죽치고 앉아 있다 신경질을 내며 떠나는 모습을 목격한 적도 있다.

그러니 섬에서는 날짜와 시간보다 날씨가 먼저가 되고, 삶의 태도와 방식이 바뀌게 되는 것이다. 도시에선 웬만한 비가 오거나, 바람이 불거나, 눈이 오거나 해도 큰 걱정이 없다. 큰 태풍이 몰아쳐도 대개는 나와 상관없는 일이 된다. 심심한 재난영화나 안타까운 뉴스 정도일 뿐이다.

나 역시 아파트에서 주차장으로, 주차장에서 다시 다른 주차장으로 이동하면서 때로는 비가 아무리 와도 우산조차 필요 없을 때가 많았다. 간혹 거리를 걷게 되더라도 여차하면 들어갈 카페나 건물의 처마가 연이어 있었다. 다만 걱정은 약속 시간에 맞출 수 있느냐 없느냐일 뿐이었다. 비가 오면 차가 좀 막히니까.

섬에서는 비 오는데 나가봐야 고생이다. 우산은 뒤집히고 우비를 입어도 세찬 바람에 금세 젖는다. 그러니 비가 오면 잠시 멈추고 빗소리를 들으면서 집 앞 텃밭을 돌보다가 해가 뜨면 오후 물때에 맞춰 배 타고 나가 고기를 잡는다. 날씨가 좋고 바람이 불면 서둘러 밀린 빨래를 널고, 해 질 녘에 구름이 걷히면 오름에 올라 해지는 풍경과 마주하게 되는 것이다.

섬사람들의 약속도 대충 그렇다. '저녁이나 먹지'라고 하지 '몇 시에 저녁 먹자'고는 잘 안 한다. '내일 보자'고 하지 내일 몇 시에 보자는 건지는 잘 안 알려 준다. 처음엔 그걸 잘 몰라 괜히 저녁밥 때보다 일찍 가서 일없이 빈둥거리거나 때로는 밥때보다 늦어 타박을 듣곤 했다. "대체 저녁을 먹으려면 몇 시에 가야 하느냐"고 묻자 "배고플 때 오면 되지" 했다. 맞는 말이다. 어차피 밥 먹는 게 목적인데 6시든, 7시든 그게 뭐 대수인가, 배고플 때 먹으면 되지.

시간에 갇혀 사는 것과 날씨에 갇혀 사는 것. 우리, 어떻게 사는 게 더 나은 것일까.

쥐치 라면, 우럭 라면

잠들기 전 문득 라면이 생각나면 나는 잠시 머뭇거리곤 한다. 아시다시피 이 시간의 라면이란 견딜 수 없는 허전함과 자포자기한 심정 때문 아니겠는가. 결국 결심하고 물을 끓이면서도, 끓는 물을 바라보면서도, 면과 수프를 털어 넣는 순간까지도 자꾸 머뭇거리게 된다. 이런 머뭇거림은 그 시간에 선택할 수 있는 다른 야식과는 분명히 다르다. 이를테면 족발이나 감자탕에서는 결코 느낄 수 없는 것이다.

나는 식품영양학자도, 헬스클럽의 트레이너도 아니지만, 족발과 감자탕의 폐해가 라면보다 크면 컸지 결코 작지 않을 거라는 사실 정도는 안다. 그런데도 족발과 감자탕 앞에서도 머뭇거리느냐 하면 절대 그렇지 않다. 나의 머뭇거림은 오로지 라면 앞에서만 그러하다. 오로지 라면 앞에서만 갈등하고 고민한다.

갈등과 고민의 결과는 기어이 끓는 물에 물을 더 넣어 싱겁게 한다거나 네 조각 낸 면의 한 부분을 냄비에 넣지 않는 것으로 타협하며 스스로를 안심시키기도 한다. 그러고 보면 라면만큼 나를 혼란스럽게 하고, 갈등하게 하고, 걱정하게 하는 것도 없다.

내가 머물던 집 싱크대에는 라면 서랍이 있었다. 텅 빈 라면 서랍을 채우기 위해 마트에 갈 때마다 수십 가지 라면들이 소고기 맛, 오징어 맛, 홍합 맛, 가쓰오부시 맛, 사골 맛 등 각종 맛으로 나를 힘들게 했다. 조리법만 하더라도 즉석에서, 1분이면 OK, 3분이어야 라면이지, 라면은 봉지 라면, 10분이 정답 등으로 나를 혼란스럽게 했다.

이쯤 되면 '라면에 속지 않으려면 심오한 철학이 필요하다'고 했다는 어느 시인의 독백에 동의하지 않을 수 없다. 그러나 내가 라면에 대한 심오한 철학이 없어서 갈등하는가 하면 그렇지도 않다. 적어도 라면에 관해서라면 누구보다 확고한 신념과 철학이 있다. 나는 20년 전부터 지금까지 늘 맛있는 라면만을 원했다. 라면 회사들이 꼬드기는 다양한 맛과 여러 형태의 조리법과는 상관없이 내가 원한 것은 오로지 맛있는 라면이었다.

그러나 왜? 그 똑똑한 라면 회사의 상품 개발자들과 마케팅 담당자들이 '이것이 진짜 라면 맛'이라는 카피를 쓰지 않는 것인지 도무지 알 수가 없다. 라면을 사러 간 사람들에겐 '진짜 라면 맛'보다 더 중요한 게 있을 것 같지 않은데 말이다. 그 누구라도 '진짜 라면 맛' 라면이 있다면 오징어 맛이나 사골 맛 따위를 사지는 않을 것이라는 게 나의 신념이요, 철학이다.

그런가 하면 라면은 분위기다. 라면만큼 때와 장소에 따라 맛이 다른 음식을 나는 맛보지 못했다. 어디서, 어떻게 끓이느냐에 따라 형편없는 라면이 되기도 하고, 죽이는 라면이 되기도 하는데 그 중 군대에서 먹던 라면, 낚시터에서 먹는 라면 정도면 꽤 죽이는 맛이라 할 수 있을 것이고, 비행기 비즈니스클래스에서의 라면도 순위권에 들 것이다.

하지만 비즈니스클래스에서의 라면이 미각적으로 정말 맛있는 라면인가 하면 그렇지는 않은 것 같다. 전해 듣기로 높은 고도의 비행기 안에서 불을 붙여 조리할 수는 없으므로 비즈니스클래스 라면은 끓는 물을 붓는 즉석 면이라고 한다. 그래서 면은 대개 퍼석하고 국물은 미지근할 수밖에 없다고 한다. 그럼에도 비즈니스클래스 라면은 죽이는 라면임은 틀림없다. 이따금 몇 배의 돈을 더 주고라도, 아껴 모았던 마일

리지를 쓰면서라도, 비즈니스클래스를 타고 싶은 이유가 가끔은 라면에 있는 것도 사실이다.

그러나 이제껏 먹어본 최고의 라면은 쥐치 라면이나 우럭 라면이다. 평소 나의 라면에 대한 지론은 '라면에는 무엇을 넣어도 라면 맛'이어야 최고라 생각했었는데, 전날 잡아놓은 우럭이나 쥐치를 넣으면 그것은 라면 이상의 라면 맛이 된다. 비린 맛 하나 없는 쫄깃한 육질의 우럭이나 쥐치 살이 짭쪼름한 라면 국물과 어우러지면 라면은 단숨에 '요리'의 반열에 오른다.

아! 이 밤, 더는 참지 못하고 라면 물을 끓인다. 냉장고에 넣어둔 쥐치와 우럭을 라면에 넣고 침을 흘린다. 내일 아침이면 간밤의 폭식을 분명히 후회하겠지만, 어쩔 도리가 없다.

쩝.

다시 제주에서

제주에서 있었던 일들을 모아 《당신의 서쪽에서》를 쓴 지도 10년 가까이 지났다. 마흔에 만났던 제주를 쉰이 되어 다시 찾았다. 긴 세월 많은 사건이 나를 거쳐 가는 동안 제주 한림, 내가 머물던 곳도 많이 달라졌다.

청와대에서 일하는 내내 임기가 끝나면 제주도에 내려가 사는 상상을 했다. 집을 구하고 새 일거리를 구하고 옛 친구들을 만나며 살겠다고 마음먹었었다. 실제로 업무가 종료된 다음 날 진도에서 제주로 가는 배편에 차를 싣고 제주도로 내려왔다. 연셋집을 구하고 옛 친구들도 만났다. 이곳에서 할 만한 일이 있으면 좋았겠지만, 일거리를 구하는 일만은 마땅치 않아 가끔 멀리 나가 일하고 대부분의 시간은 제주

한량으로 지내게 되었다. 그래도 이만하면 상상했던 것과 크게 다르지 않았다.

내가 제주를 떠나있던 동안 '서쪽에서' 만났던 사람들에게도 많은 변화가 있었다. 민박을 운영하며 자신만의 속도로 살고 있는 '추'는 자기와는 여러모로 성격이 다른 '상원'이와 결혼을 했다. 상원이는 십 년 전 제주도에서 알게 된 열몇 살 아래 친구인데 함께 낚시도 많이 다녔고 문어도 많이 잡았다. '혜심언니'는 그사이 게스트하우스를 접고 그렇게 좋아하던 꽃집을 차렸다. 요즘은 통 만나지를 못했는데 여전히 잘 지낸다는 소식만 들었다. 내가 자주 찾던 카페 달숲 '효주'도 결혼해서 아이를 낳았다. 효주의 출산 소식을 작년에 파리에서 들었는데 돌아오자마자 만나보니 자기와 똑 닮은 아이를 안고 있었다.

새로 알게 되었거나, 이미 알고는 있었는데 가까워진 친구들도 생겼다. '성희'와 '한별'이는 부부인데 전에도 알고는 있었지만, 같이 많은 시간을 보내지는 못했었다. 요즘은 거의 매주 만나 밥 먹고 캠핑도 다니고 등산도 한다. 작년에는 함께 산딸기를 따 술을 담갔는데 나만 빼고 자기들끼리 다 마셔버렸다.

새로 알게 된 사람으로는 만수 형님을 빼놓을 수 없다. 쥐치를 좋아하는 내가 전에 자주 다니던 쥐치 조림집이 그만 문을 닫았다. 연세 지긋한 노부부가 운영하는 식당이었는데, 이번에 다시 찾아가 보니 주인도 메뉴도 바뀌어 있었다. 날마다 쥐치 조림 생각이 나서 쥐치 조림, 쥐치 조림 노래를 불렀더니 상원이가 지나가며 보았다며 한림성당 옆 쥐치 전문점을 일러주었다.

만수 형님은 바로 그 집 사장님이며 요리사이자 어부다. 형수와 둘이 오후 장사만 하고 있는데, 매일 직접 낚시로 잡은 쥐치와 한치, 벤자리와 뱅에돔, 돌돔을 판다. 고기를 못 잡으면 아예 가게 문을 열지 않는다. 나는 작년 여름부터 지금까지 제주에 있을 때는 거의 매일 만수 형님네를 찾는다. 겨울에서 봄까지는 탄탄한 쥐치살을 매콤달콤한 양념에 짭조름하게 조린 쥐치 조림을 먹고, 요즘은 초여름 한철에만 먹을 수 있는 고소한 벤자리회를 즐겨 먹는다. 곧 달큼하고 부드러운 한치가 나올 철이니 시원한 한치 물회를 먹을 수도 있을 것이다.

작년 여름 전 직장 상사가 제주도에 휴가차 오셨을 때도 이곳으로 모셨었는데 매우 좋아하셨다. 실은 제주도로 나를 찾아오는 거의 모든 손님을 이곳으로 모신다. 다들 한 번 만수 형님네를 알게되면 다음부터는 내게 연락도 안 하고 몰래

들렀다 간다.

십 년 전 다녔던 카페나 음식점 중 여전한 곳도 있고 새로 알게 된 곳들도 생겼다. 자리를 옮겼지만 여전히 내 입맛에 맞는 닐스 커피와 얼마 전 알게 된 조수리 크래커스 커피, 요즘은 양쪽을 오가며 번갈아 마시곤 한다.

제주에 오래 있으면 가끔 도시 음식이 생각날 때 찾게 되는 모디카. 이곳 샐러드, 파스타, 디저트는 무엇 하나만 먹고 나올 수가 없다. 여름 한철 한치 튀김에 맥주 한잔하는 것도 참 좋다. 대림리 쪽으로 거처를 옮기면서 잘 들르지는 않게 되었지만, 협재리 도나토스 피자는 한 번 생각나면 여전히 참기가 어렵다.

오랫동안 내 해장을 담당하는 삼일해장국, 어렸을 때 엄마와 둘이 먹었던 돼지갈비 맛이 나는 마당집, 만수 형님이 너만 알고 있으라며 소개해 준 한림정육식당 뒷고기, 하늘이 내린 짜장면집인 저지리 소리원까지를 더하면 옛 기억과 새 인연이 두루 섞여 전보다 배부른 날들이 많아졌다.

그래서 달리기를 시작했다. 집 앞에서 한림 해안 도로를 따라 애월 방향으로 뛴다. 처음에는 1킬로미터도 못 뛰고 주저앉았는데 조금씩 조금씩 거리를 늘리다 보니 요즘은 거의 매일 아침 5킬로미터까지 뛸 수 있게 되었다. 뛰어보니 사람들이 왜 그렇게들 뛰어다니는지 비로소 알게 되었다. 오른쪽에 한라산을 두고 왼쪽 한림 해안도로 위를 뛰다 보면 간혹 울컥할 때가 있다. 풍경이 어쩌면 이렇게 매일 다른지 모르겠다. 바람 소리, 파도 소리를 들으며 뛸 때도 있고, 음악을 들으며 뛸 때도 있는데 둘 다 행복하다. 며칠 전에는 엔니오 모리코네의 음악을 들으며 뛰었는데 갑자기 눈물이 쏟아져 뛰지 못하고 한참을 소리 내어 울기도 했다. 좋아서 그런 것이다.

뛰기 시작하면서 위장병도 한결 나아졌다. 위장병이 나아지고 달리기까지 하니 과식을 하게 되고, 과식을 하니 죄책감에 또 달리게 되고, 달리니 위장병이 나아지고 위장병이 나아지니…… 무한 반복 중이다.

오랫동안 운동을 하지 않던 몸이라 몸을 움직이면 아프기도 하지만 조금씩 익숙해지고 있다. 달리기를 끝내고 오후에는 도서관에 가거나 원고를 쓴다. 작년에는 《미스터 프레지던트》를 썼고 올봄부터 지금까지는 《사소한 추억의 힘》을 썼다. 이 원고가 끝나면 다시 《미스터 프레지던트 II》를 쓸 계획이다. '미스터 프레지던트'라는 동명의 소설을 쓰고 싶다는 생각도 해보았다. 탄핵으로 갑자기 대통령이 된 주인공이 5년 임기 동안 겪게 되는 여러 사건에 관한 이야기인데,

정말로 쓸 수 있을지는 아직 잘 모르겠다.

도서관은 걸어서 5분쯤 거리에 있다. 지난 1년 동안 꽤 많은 책을 이곳에서 빌려 보았다.

책을 쓰는 입장에서 사람들이 책을 빌려 읽는 것보다는 사서 읽었으면 하지만 내 책이 아닌 다른 책들은 빌려 읽는 것도 나쁘지 않다. 빌려 읽는 책의 장점은 보다가 좋은 문장을 발견하면 노트에 옮겨적게 된다는 것이다. 도서관에서 책 빌려 읽는 재미가 꽤 쏠쏠하다. 요즘은 매주 서너 권씩은 꼭 빌려 읽는다. 요즘 공립 도서관은 원하는 책을 언제든지 신청할 수도 있고, 도서관에 없는 책은 다른 도서관에서 빌릴 수도 있다. 열람실은 조용한 카페 같은 분위기여서 가끔은 거기 앉아 원고를 쓰다 졸다가 돌아오기도 한다.

가끔은 저지리에 있는 책방 '소리소문'에 들르기도 한다. 굳이 작은 서점에 들르는 이유는 이곳 책방만이 가지고 있는 분위기와 도서 큐레이션 때문이다. 이곳에서는 대형 서점이나 도서관에서는 취급하지 않거나 판매 순위와 무관한 책들을 만날 수 있다. '브로드(broad) 캐스팅' 된 책들이 아니라 '내로우(narrow) 캐스팅' 된 책이라고 해야 할까. 사소하고 작고 하찮은…… 하지만 어디서도 만나기 힘든, '이런 책이 있었어?' 싶은 책들만 가득한 곳이다. 커피 한잔 마실 수 있다면 종일도 있을 수 있겠는데, 책방에서는 책만 팔고 싶다는 책방 주인의 고집 때문에 커피는 못 마시고 책만 사서 나오곤 한다.

혼자 지내는 날이 많으니 음식 해 먹는 솜씨도 꽤 늘었다. 한림 수협 마트나 하나로 마트에서 장을 봐 유튜브 영상 레시피를 따라 만들어 먹는다. 김치찌개, 된장찌개, 카레라이스, 오므라이스, 볶음밥 같은 것은 이제 기본이고 돼지주물럭, 청경채 볶음, 두부조림, 오삼불고기, 궁중 떡볶이 최근에는 등갈비찜에까지 이르렀다. 실패도 있었고 시련도 있지만 꾸준히 나아지는 중이다. 다음에는 춘장을 사서 해물짜장을 만들어 보려 한다.

음식을 하다 보면 처음에는 알려진 레시피를 충실히 따라 하지만, 어느 정도 비슷한 맛이 난다 싶으면 그때부터는 나만의 방법을 연구하게 된다. 대부분은 실패하지만 그 과정에서 꽤 진지한 상상력이 필요하다. 아마도 음식 잘하는 사람은 기획이나 연출도 잘 하지 않을까 싶다. 그 반대는…… 잘 모르겠다.

십 년 전에는 즐겨 찾았었는데 요즘은 가지 않는 곳들도 많다. 보석같이 반짝이던 금능 해변은 해수욕장이 되면서 너무 분주해져 발길을 끊었고, 해 질 녘마다 찾던 금오름도 패

러글라이딩을 즐기는 분들에게 양보했다. 나만 알고 있는 것 같던 신창리 풍차 해안 도로는 이제 서쪽으로 가는 관광버스들이 반드시 들르는 관광지가 되었고, 하루 종일 혼자 낚시를 할 수 있었던 판포 포구는 방파제 확장 공사로 쿵쾅쿵쾅 시끄럽다. 아는 사람들끼리 조용히 해수욕을 즐기던 월령리 해안도 요즘은 서핑 강습장이 되어버렸다. 많은 곳이 변해서 아쉽고 쓸쓸하다.

그래도 명월성만은 여전히 한갓지다. 명월성에 올라 한림읍을 바라보며 차 한잔 마시는 즐거움은 십 년 전이나 지금이나 여전히 누릴 수 있는 호사다.

이 글을 쓰면서 그때는 몰랐으나 이번에 새로 알게 된 장소들은 절대로 책에 소개하거나 SNS로 알리지는 않을 것이다. 내가 알린다고 얼마나 알려질까 싶기도 하지만 호젓한 장소들이 알려지지 않고 오랫동안 호젓하게 있었으면 싶은 마음이다. 자연의 입장에서 보자면 세월보다 사람을 견디는 것이 더 어려운 일이다.

이렇게 지내고 있다, 제주에서. 자고, 뛰고, 먹고, 만나고, 돌아다니고, 듣고, 보고, 읽고, 쓰며 지낸다. 십 년 전 제주에 왔을 때는 유배 온 심정일 때가 많았지만 이번에는

'이렇게 좋아도 되나?' 싶은 때가 더 많다. 전에 만났던 사람들도, 새로 알게 된 사람들도, 내가 이렇게 오랫동안 제주에 머무르는 것을 이해하지 못한다. 자꾸 언제 올라가느냐? 앞으로 뭘 할 거냐? 묻는다. 아직 잘 모르겠다. 나에게 쓰임이 있다면 쓰이겠지 하는 생각 정도만 하며 지낸다.

지난 5년 동안 마음이 움직여야 하는 일을 하면서도 감흥 없이 감동을 만들어 내려 했었다. 너무 많은 말을 했고, 너무 많은 의미를 담으려고도 했다. 마지막 1년은 더욱 그랬다.

제주에 머무는 동안 내가 생산적이지 않았으면 한다. 좀 더 유약했으면 한다. 매사 별 뜻 없고 의미 없었으면 한다. 온갖 사소한 것들과 함께 유유자적 지낼 수 있으면 한다. 그런 시간이 필요하다. 무언가를 위해서, 다음을 위해서 필요한 것이 아니다. 그냥 필요하다. 대단치 않은 것들, 사소한 것들이야말로 삶에 큰 위로가 되어 주니 그래서 필요하다.

오늘부터 장마다. 종일 비 내리는 것을 본다. 하루 종일 비 내리는 것을 보는 것은 처음이다. 지금 나는 이 처음이 매우 좋다.

사소한 추억의 힘

탁현민 지음

초판 1쇄	2023년 8월 21일 발행
초판 2쇄	2023년 8월 24일 발행

기획편집	황정원
디자인	조주희
마케팅	최재희, 신재철, 김지효
인쇄	예인미술

펴낸이	김현종
펴낸곳	(주)메디치미디어
경영지원	이도형, 이민주, 김도원
등록일	2008년 8월 20일 제300-2008-76호
주소	서울특별시 중구 중림로7길 4, 3층
전화	02-735-3308
팩스	02-735-3309
이메일	medici@medicimedia.co.kr
페이스북	facebook.com/medicimedia
인스타그램	@medicimedia
홈페이지	www.medicimedia.co.kr

ISBN	979-11-5706-298-0 (03810)